FILOCTETES

COLEÇÃO CLÁSSICOS COMENTADOS
Dirigida por João Ângelo Oliva Neto
José de Paula Ramos Jr.

Æ
Ateliê Editorial

Editor
Plinio Martins Filho

MNĒMA

Editor
Marcelo Azevedo

PLANO DESTA OBRA
I. *Ájax*
II. *As Traquínias*
III. *Antígona*
IV. *Édipo Rei*
V. *Electra*
VI. *Filoctetes*
VII. *Édipo em Colono*

CONSELHO EDITORIAL

Aurora Fornoni Bernardini – Beatriz Muyagar Kühl
Gustavo Piqueira – João Angelo Oliva Neto – José de Paula Ramos Jr.
Leopoldo Bernucci – Lincoln Secco – Luís Bueno – Luiz Tatit
Marcelino Freire – Marco Lucchesi – Marcus Vinicius Mazzari
Marisa Midori Deaecto – Paulo Franchetti – Solange Fiuza
Vagner Camilo – Walnice Nogueira Galvão – Wander Melo Miranda

Sófocles

FILOCTETES
Tragédias Completas

Tradução
Jaa Torrano

Estudos
Beatriz de Paoli
Jaa Torrano

Edição Bilíngue

Copyright © 2023 Jaa Torrano

Direitos reservados e protegidos pela Lei 9.610 de 19.02.1998.
É proibida a reprodução total ou parcial sem autorização,
por escrito, das editoras.

Dados Internacionais de Catalogação na Publicação (CIP)
(Câmara Brasileira do Livro, SP, Brasil)

Sófocles, *c.* 496-406 a.C.
   Filoctetes: Tragédias Completas / Sófocles; tradução Jaa Torrano; estudos
Bratriz de Paoli, Jaa Torrano. -- Cotia, SP: Ateliê Editorial: Editora Mnēma,
2023. -- (Céssicos Comentados, VI)

   Edição bilíngue: português/grego.

   ISBN 978-65-5580-126-2 (Ateliê Editorial)
   ISBN 978-65-85066-09-9 (Editora Mnēma)
   Bibliografia.

   I. Teatro grego (tragédia) I. Paoli, Beatriz de. II. Torrano, Jaa. III. Título.
IV. Série.

23-180618   CDD-822.3

Índices para catálogo sistemático:

I. Teatro grego   822

Tábata Alves da Silva – Bibliotecária – CRB-8/9253

Direitos reservados a

ATELIÊ EDITORIAL
Estrada da Aldeia de Carapicuíba, 897
06709-300 – Cotia – SP – Brasil
Tel.: (11) 4702-5915
Tel.: (11) 4702-5915 | contato@atelie.com.br
www.atelie.com.br
instagram.com/atelie_editorial
facebook.com/atelieeditorial | blog.atelie.com.br

EDITORA MNĒMA
Alameda Antares, 45
Condomínio Lago Azul
18190-000 – Araçoiaba da Serra – SP
Tel.: (15) 3297-7249 | 99773-0927
www.editoramnema.com.br

Printed in Brazil 2024
Foi feito o depósito legal

Agradecimentos

Ao CNPq
pela bolsa Pq
cujo projeto incluía
este estudo e tradução.

Sumário

Palavras Numinosas e Dialética Icástica – *Jaa Torrano* *11*

Filoctetes entre Mentiras e Verdades – *Jaa Torrano* *19*

O Arco, o Vaticínio e a Epifania – *Beatriz de Paoli* *27*

ΦΙΛΟΚΤΗΤΗΣ / FILOCTETES

Personagens do Drama *37*

Prólogo (1-134) *39*

Párodo (135-218) *53*

Primeiro Episódio (219-675) *61*

Primeiro Estásimo (676-729) *103*

Segundo Episódio (730-826) *107*

Primeiro Kommós em vez de Estásimo (827-864) *121*

Terceiro Episódio (865-1080) *125*

Segundo Kommós em vez de Estásimo (1081-1217) *149*

Êxodo (1218-1471) *163*

Glossário Mitológico de *Filoctetes* – Antropônimos, Teônimos
e Topônimos – *Beatriz de Paoli e Jaa Torrano* *193*

Referências Bibliográficas *199*

9

Palavras Numinosas e Dialética Icástica

Jaa Torrano

A TRAGÉDIA GREGA herdou do pensamento mítico documentado nos poemas homéricos e hesiódicos um repertório não somente de imagens e noções, mas também da sintaxe e dinâmica que as integram. Trata-se, portanto, não somente de nomes e noções, mas também de como eles se associam, se estruturam e se integram. É a esse repertório e à sua tradução que se referem no título as "palavras numinosas".

Nos poemas citados, são comuns as imagens de lugares e paisagens, núpcias e procriação, nascimentos, combates pelo poder, e sequências narrativas que de fato constituem uma sucessão de imagens. Entenda-se por "imagem" todo e qualquer objeto de uma percepção sensorial, isto é, tudo que podemos perceber por meio dos sentidos corporais. Nesse sentido a imagem se confina aos limites da particularidade e da empiria.

A noção mítica de *Theós*, "Deus(es)", tem a função de conferir às imagens um alcance universal, remetendo o sentido delas além do particular e do empírico, referindo-as aos aspectos fundamentais do mundo. Associadas à noção de "Deuses" as imagens transcendem os limites próprios da particularidade e da empiria e abrangem o perene e o universal, podendo-se pois entender e explicar a noção mítica de "Deuses" como os aspectos fundamentais do mundo.

Não há como escapar da tradução de *Theós* por "Deus", apesar de a discrepância de sentido entre a noção mítica e a palavra vernácula ser perene fonte de equívocos indesejáveis, que somente o esforço metódico e sistemático poderia evitar.

A segunda palavra mais importante do repertório mítico é *Daímon*, traduzida por "Nume", que designa qualquer um dos Deuses celestes ou ctônios, sempre que não se quer ou não se pode nomeá-lo, e sempre do ponto de vista de sua intervenção no curso dos acontecimentos ou de sua relação com um mortal cujo destino esse Deus preside.

Como ao nome *Theós*, "Deus", corresponde o adjetivo *theîos*, "divino", ao nome *Daímon*, "Nume", corresponde o adjetivo *daimónios*, "numinoso". Rudolf Oto, em seu livro *O Sagrado*, publicado em 1917, criou a palavra "numinoso" para designar e descrever os elementos apriorísticos e transcendentais da experiência do sagrado, segundo os pressupostos da filosofia neokantiana. A tradução de *Daímon* por "Nume" implica a tradução de *daimónios* por "numinoso", com o que a palavra ganha um contorno mais preciso e bem definido do que o de simples substituto equivalente a "sagrado".

A terceira palavra mais importante é *héros*, plural *héroes*, "herói(s)", termo de cortesia com que se tratam os guerreiros homéricos, designativo também de semideuses. Depois de Homero, a palavra se refere ao morto que se supunha ter poder sobre a região em que se encontra o seu túmulo e que por isso era objeto de um culto funerário, chamado *heroikaì timaí*, "honras heroicas", que visava apaziguar ou propiciar o humor do morto. Essa prática cultual foi muito difundida na época clássica, e os heróis homéricos não eram apenas personagens literários, mas objeto de culto, temidos e reverenciados com santuários e oferendas. Assim sendo, na tragédia, os personagens emprestados dos poemas épicos encontravam uma ressonância reverencial no imaginário popular. Embora seja rara a ocorrência da palavra *héros* na tragédia, a noção, ainda que não nomeada, é importante pela profunda repercussão do sentido reverencial que acompanha a figura dos personagens heroicos.

Ao pôr em cena os heróis épicos, a tragédia sobrepõe e confunde dois tempos, o tempo de uma aristocracia guerreira estruturada e pautada por um código de conduta próprio do regime tribal e o tempo da instauração e florescimento do regime político democrático em Atenas. Na tragédia, passado tribal e o presente democrático coexistem e convivem, criando dois planos de realidade, a dos heróis em sua interlocução individual com os Deuses e a dos homens comuns em seu horizonte político democrático.

A poesia lírica coral conflui na tragédia fornecendo-lhe não só a forma poética do canto com sua métrica, ritmo e linguagem próprios, mas também uma atitude crítica e restritiva diante dos padrões de comportamento e valores próprios do ciclo épico.

Daí a minha tese de que na tragédia se confundem e se distinguem quatro pontos de vista: o dos Deuses, o dos Numes, o dos heróis e o dos homens comuns no horizonte da pólis, o que chamei de dialética trágica, pré-filosófica e icástica. Essa "dialética" resulta da sintaxe e dinâmica próprias dos nomes e noções legados pelo pensamento mítico.

Para um melhor vislumbre de como a dialética trágica opera, examinemos primeiro a inter-relação de Deuses e heróis e depois a inter-relação de heróis e homens comuns.

A noção mítica de *Moîra*, "Parte", no sentido de "participação", preside a inter-relação entre Deuses, heróis e homens comuns. O âmbito do Deus abarca, compreende e interpenetra tanto o que são os heróis quanto o que são os homens comuns, porquanto o Deus se entende como o fundamento de todas as possibilidades que se abrem para os mortais, sejam heróis ou homens comuns, independentemente de o herói se distinguir de homens comuns por seu maior grau de proximidade dos Deuses.

Moîra, "Parte", designa tanto a partilha presidida por Zeus quanto o que por essa partilha cabe a cada um dos mortais. Na *Teogonia* de Hesíodo, no catálogo de filhos de Zeus e Têmis, a tríade das *Moîrai*, "Partes", e a tríade das *Hórai*, "Horas", são correlatas. As Deusas Partes, "a quem mais deu honra o sábio Zeus" (*T.* 904), se nomeiam *Klothó* ("Fiandeira"), *Lákhesis* ("Distribuinte") e *Átropos* ("Inflexível"), "que atribuem / aos homens mortais os haveres de bem e de mal" (*T.* 904 e s.).

As Deusas Horas se nomeiam *Eunomíe* ("Eunômia", no sentido de observância das leis consuetudinárias), *Díke*, "Justiça", e *Eiréne*, "Paz". Além de ser nome de Deusas, a palavra *hóra* em grego denomina tanto as partes do dia, as horas, quanto as partes do ano, as estações, as sazões. As estações do ano não tiveram esses nomes em grego antigo, mas *kheimón*, "inverno", *éar*, "primavera", *théros*, "verão", e *opóra*, "outono". Os nomes das Deusas Horas em grego não designam as estações do ano, mas compõem o cacho de imagens que descreve a noção mítica de justiça como *ordo rerum*, isto é, como explicitação do sentido de Zeus no horizonte temporal do curso dos acontecimentos.

A correlação das Partes e das Horas implica que a Justiça, filha de Zeus e Têmis, se manifesta no horizonte temporal do curso dos acontecimentos como o quinhão que segundo os desígnios de Zeus cabe a cada um dos mortais.

Na tragédia *Antígona* de Sófocles, não se diz que seja justiça de Zeus Antígona ser emparedada viva numa prisão sepulcral, mas reiteradamente se indica que se deve entender e aceitar esse destino de Antígona como o quinhão imposto pela coerção da Deusa Parte. Em *Édipo Rei*, os acontecimentos decisivos da vida de Édipo se descrevem tanto como decisões tomadas pelo próprio Édipo quanto atos impelidos pelo Nume e impostos como quinhão pela Deusa Parte.

As Deusas Partes e as Deusas Horas (e entre estas, a Deusa Justiça) explicitam e manifestam, cada uma a seu modo, o sentido de Zeus.

Na *Teogonia* de Hesíodo, as Deusas Partes têm uma dupla inserção genealógica, no catálogo dos filhos de Zeus e Têmis (*T.* 905) e no catálogo dos filhos da Noite (*T.* 217 e s.). Zeus e Têmis pertencem à linhagem dos filhos do Céu, que inclui as formas luminosas e sobranceiras de inteligência e de soberania, enquanto o catálogo dos filhos da Noite, filha de Caos, inclui as formas tenebrosas de debilitação, destruição, negação e privação de ser. Vistas de ângulo positivo, as Deusas Partes nascem das núpcias de Zeus e Têmis, e vistas de ângulo negativo, nascem por cissiparidade da Deusa Noite, isto é, sem união amorosa.

A justiça de Zeus sob seu aspecto luminoso e positivo se descreve como "filha de Zeus", como no jogo de palavras de que se lê na tragédia de Ésquilo e que por sugestão do poeta a tradição designou *etymología,* "o sentido verdadeiro": *etétymos / Diós kóra Díkan* (*Coéforas,* 948 e s.). Sob seu aspecto penal e sombrio, a justiça de Zeus é exercida pelas Erínies, filhas da Noite (Ésquilo, *Ag.* 55 e ss., *Eu.* 322, *passim*).

O pensamento mítico tem uma concepção de tempo e de acontecimentos que pressupõe uma concomitância e convergência de causas múltiplas e diversas, como se vê, por exemplo, nessa cooperação espontânea entre a administração da justiça por Zeus e persecução e execução penal pelas Erínies.

O herói – épico ou trágico –, segundo as diversas circunstâncias de sua situação e atividades, cada vez se move no âmbito de um determinado Deus. Ambas a afinidade do herói com o Deus e a atitude do herói perante o Deus determinam o bom ou mau sucesso da ação do herói.

Em *Édipo Rei*, o rei Édipo se revela a cratofania de Apolo porque na expectativa de seu oráculo e na investigação do sentido de sua revelação ele se move com majestosa sobranceria no âmbito do Deus adivinho, e seus movimentos incluem tanto a calamidade da peste mortífera quanto a convergência entre opções livremente exercidas por Édipo e coincidências factuais de fatores aparentemente numinosos, bem como incluem por fim o horror de descobrir que o oráculo apolíneo se cumpriu não apesar de todos os esforços para evitar o cumprimento do oráculo, mas justamente devido a tais esforços empenhados não menos por Édipo que por seus pais.

Em *Ájax*, o chefe dos salaminos se revela como cratofania de Palas Atena porque vive na proximidade da Deusa de modo a vê-la e ser interpelado por ela, mas seu caráter belicoso e competitivo, que o leva a se comparar e emular com o próprio pai, também o predispõe a medir forças com a Deusa, e nessa medição de forças de certo modo vence, isto é, não cede à Deusa nem ao ser destruído por ela. Em contraste com a obstinação de Ájax, letal e maléfica para todos os nela implicados, mostra-se benéfica e salvadora a piedade de Odisseu, que ouve a voz da Deusa sem vê-la, mas reconhece a sua própria condição de mortal ao contemplar a ruína de seu inimigo destruído.

O coro sempre tem perante o herói protagonista uma atitude subalterna, que em geral é anuente, resiliente ou reticente. Isso por si só marca uma diferença de estatura entre o coro e o herói protagonista, mas as opiniões do coro – independentemente de sua identidade e personalidade coletiva – se legitimam como paradigma e ponto de equilíbrio sempre que o coro se faz porta-voz das referências e dos valores da pólis democrática, por exemplo, ao condenar a "opulência" (*ploûtos*) e a "transgressão" (*hýbris*) como injustas, e ao louvar a "moderação" (*sophrosýne*) e a "prudência" (*phrónesis*) como justas e salutares. O coro ainda se legitima sempre que recorre ao repertório tradicional de imagens e de noções para refletir e avaliar o que está em questão no curso dos acontecimentos. Por exemplo, o coro se respalda no repertório tradicional de imagens e noções na reflexão com que muda sua atitude de aceitação para a de rejeição do anúncio feito pela rainha de que Troia tinha caído (Ésquilo, *Ag.* 335-487). Ou ainda – outro exemplo: – o coro recorre a esse repertório quando se reorienta com sua reflexão sobre "a venerável pureza em todas / as falas e atos" (Sófocles, *E.R.* 864 e s.), sobre a punição da soberba e da impiedade pela justiça de Zeus e sobre as implicações da veracidade oracular de Apolo (*E.R.* 863-910).

Retornemos então à trama da dialética trágica. Por ser porta-voz das referências e valores da pólis democrática e por seu uso e atualização paradigmáticos do repertório de imagens e de noções legado pelo pensamento mítico tradicional, o coro dá voz ao ponto de vista dos homens comuns no horizonte da pólis democrática. Por sua interação com os Deuses, os personagens dramáticos herdados das epopeias dão voz ao ponto de vista heroico. Oráculos, adivinhos como Tirésias e Calcas, portentos e sinais divinos dão voz ao ponto de vista dos Numes. O curso dos acontecimentos, isto é, a intriga da tragédia, e eventualmente as reflexões do coro e ou de personagens mitológicas ou anônimas por vezes dão voz ao ponto de vista dos Deuses. Assim, sobrepondo-se esses quatro pontos de vista de modo a se confundirem, e discernindo-os de modo a se distinguirem, pelo contraste entre eles e pela determinação recíproca deles na trama trágica demarcam-se e definem-se os limites inerentes à condição de mortais e ao exercício do poder tanto na esfera pública da política quanto na esfera particular da vida doméstica.

Um pressuposto do pensamento mítico é a afinidade necessária entre o sujeito e o objeto do conhecimento como condição necessária para que se dê o conhecimento. Assim na tragédia também se dá o nexo necessário entre ser, conhecimento e verdade. O conhecimento da verdade bem como a verdade do conhecimento dependem do grau de participação no ser pelo sujeito do conhecimento. No pensamento mítico, a participação no ser é determinada pelo grau de proximidade dos Deuses. Os personagens heroicos não estão todos no mesmo plano, mas se dispõem numa escala ontológica segundo sua afinidade e proximidade dos Deuses, o que implica equivalente grau de participação no conhecimento e na verdade. Quando se entende a verdade como um dos aspectos fundamentais do mundo, o grau de participação na verdade depende do grau de participação nesse aspecto do mundo que a verdade revela.

Assim, pois, operando com imagens, a dialética icástica da tragédia investigou e explorou os limites inerentes à condição de mortais e os limites inerentes ao exercício do poder antes da criação da ética e da política pelo pensamento técnico-filosófico nos *Diálogos* de Platão.

Filoctetes entre Mentiras e Verdades

Jaa Torrano

O PENSAMENTO MÍTICO GREGO em sua mais alta expressão artística está documentado nos poemas homéricos e hesiódicos. A tragédia grega incorpora do pensamento mítico o repertório tradicional de imagens e de noções bem como a sintaxe e dinâmica que essas noções imprimem às imagens. O pensamento mítico em geral opera unicamente com imagens sensoriais. A noção mítica de "Deuses" associada a imagens sensoriais tem a função de as resgatar das delimitações do sensível e remetê-las ao âmbito da transcendência e do fundamento. A noção de Deuses assim possibilita ao pensamento mítico ultrapassar o plano da empiria e das particularidades e pensar a totalidade e os aspectos fundamentais do mundo. Podemos por isso entender e explicar a noção mítica de "Deuses" como os aspectos fundamentais do mundo.

Propomo-nos mostrar a homologia estrutural entre a noção mítica de verdades das Musas que se lê na *Teogonia* de Hesíodo e a noção trágica da unidade dinâmica de mentiras e de verdades que se verifica na tragédia *Filoctetes* de Sófocles, unidade cujo dinamismo abarca diversos graus de participação em ser, conhecimento e verdade (e simetricamente os diversos graus correlatos de privação disso).

MUSAS E A MOBILIDADE DA VERDADE

Na *Teogonia*, as Musas são filhas de Zeus e de Memória, que por sua vez é filha da Terra e do Céu. Zeus é o poder que organiza o mundo físico e a sociedade humana. Memória, filha do par primordial Terra e Céu, abarca a totalidade do ser e do acontecer. As Musas se manifestam como canto e dança na riqueza de sentido do canto e da dança. Com as imagens de núpcias e procriação indica-se a afinidade das Musas com o exercício do poder e com a memória da totalidade cósmica.

As Musas um dia interpelam o pastor de ovelhas e o sagram cantor inspirando-lhe o canto universal que elas mesmas cantam para o gáudio de Zeus no Olimpo. As Musas primeiro descrevem a condição existencial dos mortais, exemplificada nos pastores agrestes, e em seguida a si mesmas, com estes versos: "Pastores agrestes, vis infâmias e ventres só, / sabemos muitas mentiras dizer símeis aos fatos / e sabemos, se queremos, dar a ouvir revelações" (Hesíodo, *Teogonia*, 26 e ss.).

A condição de mortal se descreve como "vis infâmias e ventres só", sendo "ventres" metonímia das funções nutritiva e reprodutiva que distinguem os mortais dos Deuses, ditos também "Imortais". Sendo os Deuses as fontes e os fundamentos das possibilidades que se abrem para os mortais, a vida dos mortais se dá pela participação nos Imortais. Na perspectiva do pensamento mítico, o homem só se entende em sua relação com os Deuses e por essa interlocução, interação e integração com os aspectos fundamentais do mundo, conhecidos e nomeados com os nomes e noções de Deuses. Tomados em si mesmos sem se levar em conta sua participação nos Deuses, os mortais se reduzem a "vis infâmias e ventres só".

Os dois versos em que as Musas se apresentam são surpreendentes e paradoxais. *Ídmen pseúdea pollá*, que traduzimos "sabemos muitas mentiras", em seu isolamento no início da frase, significa antes "somos muito mentirosas", pois o verbo *ídmen* (*oîda*) com um objeto neutro plural (como *pseúdea pollá*, "muitas mentiras") significa não um saber puramente intelectual, mas sim um traço do comportamento habitual. Por exemplo, da Hidra de Lerna se diz *lygrà iduîa*, "sábia do que é funesto" (*T.* 313), não porque conheça ações funestas, mas porque as executa.

Entretanto, quando chegamos à quarta palavra do verso com que as Musas se apresentam, *ídmen pseudéa pollà légein*, "sabemos muitas mentiras dizer", percebemos que o objeto de *ídmen*, "sabemos", não é *pseúdea pollà*, "muitas mentiras", mas sim *légein*, "dizer", cujo objeto é *pseúdea pollá*, "muitas mentiras". As Musas então deixam de ser "muito mentirosas" e – de modo menos chocante para as Deusas que são as garantidoras da verdade do canto – passam tão somente a saber "muitas mentiras dizer".

Mas o verso continua e acrescenta-se *etýmoisin homoîa*, "símeis aos fatos", o que por via de similitude equipara as "muitas mentiras" aos "fatos", resgatando as Musas do apodo de "muito mentirosas" pela semelhança das mentiras com os fatos, semelhança que enfim confere às mentiras das Musas algum grau de verdade.

O segundo dos dois versos com que as Musas se descrevem traz uma informação decisiva: *ídmen d', eût'ethélomen, alethéa gerýsasthai*, "e sabemos, se queremos, dar a ouvir revelações", ou – numa tradução mais literal – "sabemos, quando anuímos, cantar verdades". A revelação das verdades no canto depende da anuência das Musas. O acesso dos mortais à verdade dos cantos depende de as Musas anuírem e concederem o acesso. A palavra *alethéa*, aqui traduzida por "revelações", é a forma do adjetivo *alethés* substantivado no neutro plural. *Léthe*, "Olvido", ou melhor, "Latência", figura no catálogo dos filhos da Noite (*T.* 227), não é o esquecimento como um fenômeno psicológico, mas antes é o Nume que nos oculta tudo o que nos passa despercebido ou de que nos esquecemos. O substantivo *alétheia*, composto do prefixo privativo e do nome *léthe*, nomeia a noção de verdade como uma lítotes (*a-létheia*, "i-latência") da Deusa Memória (*Mnemosýne*), mãe das Musas. Portanto, na perspectiva do pensamento mítico hesiódico, a verdade é um aspecto fundamental do mundo, e no canto das Musas se revela quando as Musas dão o seu assentimento, pois não é um mero produto do esforço dos mortais, mas sim o produto do esforço dos mortais coroado pelo assentimento das Musas.

FILOCTETES E A MOBILIDADE DA VERDADE

Vejamos, então, como na tragédia *Filoctetes* de Sófocles se verifica essa unidade dinâmica cujo dinamismo abarca diversos graus de participação em ser, conhecimento e verdade (e simetricamente os diversos graus correlatos de privação disso).

No prólogo, Odisseu primeiro se localiza com Neoptólemo na Ilha de Lemnos e conta que dez anos antes aí abandonou Filoctetes, por ordem dos Atridas, porque a moléstia dele parecia insuportável a todos os demais. Picado por uma serpente na Ilha de Crisa, a chaga purulenta espalhava mau odor e Filoctetes lançava gritos e gemidos, perturbando as oferendas e libações dos demais companheiros de viagem. Entretanto, tendo sido capturado pelos gregos o adivinho troiano de nome Heleno, este revelou que Troia somente seria conquistada pelas flechas de Filoctetes, que herdara de Héracles moribundo o arco e as flechas. Odisseu retorna à Ilha de Lemnos para resgatar Filoctetes. No entanto, o arqueiro tem implacável ódio dos que o abandonaram ali naquela ilha deserta e inóspita, fora da rota dos navegantes. Não poderia ser conduzido a Troia nem pela persuasão, porque não se deixaria persuadir, tal o seu ódio, nem pela força, pois suas flechas são invencíveis e inevitáveis. Somente poderia ser reconduzido se fosse ludibriado por algum dolo. Odisseu, sendo tão conhecido quanto odiado por Filoctetes, serve-se de seu ajudante de ordens, o jovem Neoptólemo, filho de Aquiles, para articular o seu plano de ludibriar Filoctetes e conduzi-lo a Troia.

Neoptólemo, embora em missão militar subordinado a Odisseu, tem opinião própria de como deve e como não deve agir. Neoptólemo tem horror às mentiras dolosas, não tanto por amor à verdade, mas por emulação com o pai, de cuja natureza se ufana e que ele aspira reproduzir, e por acreditar, tal como o pai, na superioridade da força e da violência.

Odisseu convence Neoptólemo a cooperar na trama de mentir para Filoctetes, por ser a mentira neste caso o único meio de preencher as condições em que o próprio Neoptólemo poderia alcançar a glória de ter conquistado Troia, já que Troia não poderia ser tomada nem sem Neoptólemo nem sem as flechas de Filoctetes.

A hierarquia militar põe Neoptólemo sob as instruções de Odisseu e o coro sob as ordens de Neoptólemo. No párodo, o coro de marinheiros, mais velhos que Neoptólemo e leais a ele, desde as primeiras palavras se empenha na trama contra Filoctetes e na lealdade a Neoptólemo pela participação deste em Zeus enquanto rei de Ciro, ilha natal de Neoptólemo e dos marinheiros do coro.

No primeiro episódio, o encontro de Filoctetes com Neoptólemo e o coro é amistoso e, para Filoctetes, animador.

Neoptólemo ouve a história de Filoctetes como se não a conhecesse, e faz um falso relato de como Odisseu e os Atridas o ultrajaram e por isso decidiu deixar Troia e voltar para casa. Alega que as armas de Aquiles, que após a morte de seu pai lhe caberiam por direito, lhe foram surrupiadas e dadas a Odisseu, com a justificativa de que Odisseu as resgatou dos troianos, não só as armas mas também o cadáver de Aquiles. Filoctetes considera que Neoptólemo foi, como ele, ultrajado por Odisseu e os Atridas, pede e ouve notícias de Troia e suplica formalmente por piedade e salvação. Neoptólemo finge relutância, mas por fim concorda com o pedido de Filoctetes ao ser reiterado por aparente compaixão do coro.

Filoctetes rejubila com a falsa promessa de Neoptólemo.

Parecem prontos para partir, quando o coro avista a aproximação de dois varões, um marinheiro de Neoptólemo e um desconhecido. O desconhecido se apresenta como navegador profissional e traz notícias de que o velho Fênix e os filhos de Teseu partiram de Troia em busca de Neoptólemo, e de que Odisseu e Diomedes partiram em busca de Filoctetes. O falso navegador após dar essas falsas notícias se despede e retorna ao seu navio, e em face desta falsa notícia de iminente perseguição empreendida pelos seus inimigos Neoptólemo ganha tanta confiança de Filoctetes com a falsa promessa de resgatá-lo para a pátria, que este lhe permite tocar o arco herdado de Héracles.

Em Neoptólemo, não é possível saber até onde vai a hipocrisia mentirosa e até onde vai a sinceridade verdadeira (ou se ambas se confundem numa mesma ambígua atitude), quando os mortais não são os únicos agentes decisivos nem no domínio da linguagem nem no curso dos acontecimentos, mas sim surpresos interlocutores de Deuses entendidos como os aspectos fundamentais do mundo e do curso dos acontecimentos.

Filoctetes tem uma crise de dor e confia o arco a Neoptólemo, prevendo que cairia no sono mórbido e pedindo a Neoptólemo que nesse lapso lhe valesse e defendesse.

O que Neoptólemo diz a Filoctetes parece crível ao próprio Neoptólemo, que assim não se inibe de dizer o que Odisseu lhe propusera dizer não como verdades a serem cumpridas mas como mentiras produtoras de persuasão.

A ambiguidade da fala de Neoptólemo ao agradecer a entrega do arco e o conselho de Filoctetes vale não só para persuadir Filoctetes de que seria resgatado para a pátria, mas antes também para persuadir Neoptólemo de que o resgataria e, portanto, não estaria mentindo nem infringindo o seu próprio código de conduta.

Entregue o arco a Neoptólemo, Filoctetes cai em sono profundo, durante o qual o coro espera leal e solícito a deliberação de Neoptólemo a respeito de que fazer: partir ou esperar. Filoctetes, ao despertar, percebe hesitação em Neoptólemo, intui algum ardil em Neoptólemo, repreende, suplica e tenta persuadir Neoptólemo – aparentemente incerto e hesitante – a devolver o arco. Neoptólemo se interroga perante o coro: "que faremos, varões?" e nesse ínterim Odisseu intervém.

Odisseu se declara a serviço dos desígnios de Zeus, quando se propõe conduzir Filoctetes a Troia ou persuadido pela razão ou coagido pela força. Filoctetes considera menos ruim morrer do que se comunicar de novo com Odisseu e os Atridas.

Quando Filoctetes se revela senhor de eloquência suficiente para persuadir Neoptólemo a resgatá-lo para a pátria e enfrentar com ele a sanha dos Atridas e dos aqueus, e estão decididos e prontos para partir de volta a pátria, a teofania de Héracles *ex machina* os interpela, prometendo cura e glória a Filoctetes, com a condição de ele navegar não para casa, mas para Troia. O Deus Héracles diz que enviará Asclépio a Troia para curar a enfermidade e prediz que curado Filoctetes conquistará Troia e enviará a parte do espólio que lhe cabe ao pai em sua pátria e a outra parte do espólio devida a Héracles ao lugar de pira de Héracles em Eta, na Tessália.

Héracles exorta à ação e à glória da conquista de Troia. Pode-se dizer que o âmbito do discurso epifânico de Héracles é o âmbito mesmo em que se encontram os personagens deste drama, no qual o valor máximo é a conquista de gloriosa vitória entendida como participação nos desígnios de Zeus.

Tanto Filoctetes quanto Neoptólemo imediatamente aceitam e aderem à palavra de Héracles, o que é o padrão em cenas de *Deus ex machina*. Outro traço padrão do recurso ao *Deus ex machina* é que, tal como nesta cena da teofania de Héracles, os personagens do drama há muito já estão implicados e envolvidos no âmbito do Deus que os interpela.

As mentiras propostas por Odisseu como dolo para capturar Filoctetes e levá-lo a Troia, em vez de transportá-lo para a pátria, tornam-se verdadeiras no discurso do Deus Héracles, porque o Deus promete que após a cura da chaga de Filoctetes por Asclépio em Troia e após a conquista de Troia com as flechas de Filoctetes, o herói será reconduzido por Neoptólemo à pátria com a glória e com os espólios, com o seu espólio para exibir ao seu pai, e com o espólio que cabe ao Deus Héracles para ser depositado em seu templo em retribuição à graça de ter conquistado Troia.

Assim as mentiras dolosas propostas como estratégia por Odisseu, consideradas intoleráveis por Neoptólemo, e reformuladas de modo persuasivo pelo Deus Héracles com referência aos desígnios de Zeus, afinal deixam de ser mentiras quando se cumprem inteiramente, por serem parte dos desígnios de Zeus.

EPÍLOGO EM VEZ DE EPÍGRAFE PARA *FILOCTETES*

"Reconhecer o valor necessário do ato hipócrita" (Caetano Veloso, 1989).

REFERÊNCIAS BIBLIOGRÁFICAS

HESÍODO. *Teogonia. A Origem dos Deuses*. Estudo e tradução Jaa Torrano. São Paulo, Iluminuras, 1990.

JEBB, R.C. *Sophocles Plays Philoctetes*. Ed. P. E. Easterling. Introd. Felix Budelman. Bristol, Bristol Classical Pres, 2004.

SOPHOCLES. *Filoctetes*. Ed. Seth L. Schein. Cambridge, Cambridge, 2013.

VELOSO, Caetano. *Estrangeiro*. São Paulo/Rio de Janeiro, Philips, 1989.

O Arco, o Vaticínio e a Epifania

Beatriz de Paoli

A TRAMA DE *FILOCTETES* está intimamente imbricada ao vaticínio de Heleno, o adivinho troiano filho de Príamo. Entretanto, seu vaticínio não é citado *verbatim* em nenhum momento ao longo da tragédia, o que constitui uma característica da poética sofocliana. Há somente menções ao vaticínio feitas por diferentes personagens em diferentes momentos da trama. O resultado são formulações diversas, com diversas implicações, de um mesmo prenúncio, ao qual só se tem acesso de forma indireta e variada. A cada nova menção e formulação do vaticínio, novos elementos são incorporados ou os mesmos elementos aparecem relacionados de forma diferente. Há, porém, um movimento de claridade, o qual culmina com a epifania e o vaticínio de Héracles, em que os eventos prenunciados por Heleno são retomados e colocados sob uma nova luz. Dessa forma, a multiplicidade do vaticínio de Heleno revela-se como unidade no vaticínio de Héracles.

Nos estudos a respeito de *Filoctetes*, alguns problemas são comumente apontados pelos comentadores, sendo um deles quais seriam as exatas palavras do vaticínio de Heleno e quanto Neoptólemo sabe, visto que, no prólogo, aparentemente nada sabe da predição, mas ao longo da trama demonstra conhecê-la.

A dificuldade com relação ao vaticínio de Heleno repousa no fato de que é recoberto por pelo menos duas camadas que lhe comprometem a transparência. A primeira diz respeito à transmissão indireta. Como se observou, as palavras do adivinho não são citadas *verbatim*; não se pode, assim, precisar em que medida são incorporadas e reformuladas pela fala dos personagens. Outra camada de turvamento do vaticínio refere-se ao dolo. No prólogo, na fala de Odisseu, fica evidente o caráter doloso (*dóloisin*, v. 91; *dóloi*, v. 101; *dóloi*, v. 102; *dóloi*, v. 107) da missão de pegar o arco de Filoctetes. Desse modo, mentira e verdade são não apenas indiscerníveis no vaticínio, como ao final mostram ser coincidentes.

A primeira alusão ao vaticínio de Heleno encontra-se no prólogo (vv. 68-69; 113-119), quando Odisseu instrui e procura convencer o relutante filho de Aquiles a obter de forma dolosa o arco de Filoctetes, sem o qual Troia não poderá ser conquistada. Nesse momento, há um elemento do vaticínio sobre o qual recai a ênfase: o arco de Filoctetes (*tà tóxa*, v. 68; *tóxon*, v. 75; *anikéton hóplon*, v. 78; *tà tóxa*, v. 113). Essa ênfase provoca uma incerteza momentânea se apenas o arco seria necessário ou seria necessária também a ida de Filoctetes a Troia para que a cidade seja conquistada. Porém, ao longo do diálogo entre Neoptólemo e Odisseu, há referências à captura de Filoctetes e não somente de seu arco. Neoptólemo, por exemplo, diz que estaria pronto para "levar o varão à força / e não por dolo" (vv. 90-91), enquanto Odisseu fala em "pegar Filoctetes" (v. 101). Essas referências apontam para a ideia de que, ainda que Filoctetes e seu arco possam ser mencionados separadamente, constituem uma unidade indissociável.

A segunda alusão ao vaticínio é feita por Neoptólemo no párodo (vv. 196-200), em que o arco de Filoctetes (*tá béle*, v. 198) aparece como condição necessária para a tomada de Troia. Embora esse elemento já estivesse presente no discurso de Odisseu, Neoptólemo, nesses versos, relaciona tanto a tomada de Troia quanto a chaga que acomete Filoctetes com a vontade divina (*theôn tou melétei*, v. 196), ideia esta que será retomada posteriormente.

A terceira alusão ao vaticínio de Heleno é feita pelo falso mercador no primeiro episódio (vv. 604-613). O falso mercador menciona primeiramente como Heleno foi pego à noite por Odisseu e levado ao acampamento aqueu. Em seguida, menciona em discurso indireto o vaticínio de que Troia nunca seria tomada sem que Filoctetes, pela persuasão, fosse trazido da ilha em que habita.

O vaticínio, tal como formulado pelo falso mercador, diz respeito não apenas ao fato de que Troia será tomada, mas *como* isso será possível, e é formulado nos termos de uma oração condicional. Como ocorre comumente com oráculos, a realização de determinado acontecimento vem condicionada à de outro. Sendo assim, a condição precedente – a prótase – necessita ser satisfeita para que dado acontecimento se realize – a apódose. No vaticínio de Heleno, a apódose, a tomada de Troia, está, portanto, condicionada à realização da prótase: Filoctetes ser conduzido da ilha pela persuasão. Nessa formulação do vaticínio, um dado novo é acrescido: a necessidade da persuasão, de modo que são o homem, Filoctetes, e a ação persuasiva (*peísantes lógoi*, v. 612) que ficam em evidência ao serem colocadas como as condições precedentes para o cumprimento do vaticínio.

Além disso, o relato do mercador compreende ainda a reação de Odisseu ao vaticínio de Heleno. Odisseu, em todo esse pequeno episódio, é colocado em posição central – foi ele quem capturou Heleno e o conduziu ao exército aqueu e foi ele quem prometeu realizar as condições precedentes do vaticínio: trazer, uma vez persuadido, Filoctetes de sua ilha. Tomado o encargo para si, Odisseu parece falhar, porém, na observância das condições precedentes para a realização do vaticínio – a persuasão e a condução de Filoctetes –, visto que promete a condução, mas não necessariamente a persuasão, pois está disposto a conduzi-lo a Troia caso este consinta ou não. O não consentimento implicaria levar a Troia somente o arco, não satisfazendo assim a condição precedente para a tomada da cidade de Príamo.

Até o momento da entrada em cena do falso mercador, as alusões ao vaticínio possuem uma camada de turvamento do que poderia ter sido o vaticínio de Heleno, a qual corresponde à transmissão indireta da predição. Essa primeira camada explica seu caráter alusivo, em que a ênfase é colocada ora num aspecto ora noutro. O discurso do falso mercador, se, por um lado, contextualiza o vaticínio – ele descreve a captura de Heleno –, por outro lado, adiciona a este uma segunda camada, de dolo. Sabe-se que, de acordo com as instruções de Odisseu no prólogo, o falso mercador é um dos marujos a mando do filho de Laertes que viria ajudar Neoptólemo em sua missão de se apossar das armas de Filoctetes, e que, portanto, agiria de forma dolosa, como instrui Odisseu. Sendo assim, é difícil determinar em que medida a história que o mercador conta sobre a captura e o vaticínio de Heleno é verdadeira ou mentirosa. No entanto, o desenrolar da trama, assim como a epifania de Héracles, demonstram que, no vaticínio narrado pelo falso mercador, mentira e verdade estão imbricadas e, quando postas à luz dos desígnios divinos, mostram-se coincidentes.

Filoctetes, por sua vez, reage ao discurso do falso mercador de forma a ignorar o vaticínio de Heleno, e coloca tanto persuasão e condução não como condições precedentes para a tomada de Troia, mas como ações meramente humanas a ser executadas por seu inimigo, Odisseu. Ele não considera, assim, a tomada de Troia e sua própria participação nesta como parte de desígnios divinos, mas como ações executadas por Odisseu, o mortal que lhe é mais odioso. Nessa perspectiva, Filoctetes quer partir o mais breve possível, agindo, assim, na contramão do cumprimento do vaticínio. Porém, é acometido de súbito por um ataque de sua moléstia e adormece, não sem antes colocar nas mãos de Neoptólemo seu precioso arco.

A quarta alusão ao vaticínio de Heleno dá-se no primeiro *kommós*, quando, depois de Filoctetes cair no sono, Neoptólemo expressa a indissociabilidade entre Filoctetes e seu arco, ao constatar que é vão ter as armas sem levar aquele que as empunha, pois "dele é a coroa" (v. 841) da vitória. Neoptólemo explicita, assim, a ineficácia da ideia implícita no descumprimento de uma das condições precedentes por Odisseu – isto é, de levar apenas o arco –, pois percebe que a coroa da vitória cabe a Filoctetes, uma vez que "dele Deus disse levá-lo" (v. 841).

A quinta alusão ao vaticínio de Heleno é feita por Neoptólemo no terceiro episódio, quando o filho de Aquiles fala abertamente com Filoctetes: primeiramente, alude à necessidade de que Filoctetes seja conduzido a Troia junto ao exército dos gregos liderado pelos Atridas (vv. 915-916) e, em seguida, acresce duas novas informações: a de que Filoctetes seria curado de seu mal e pilharia, junto com ele, a Planície de Troia (vv. 919-920).

A última menção ao vaticínio de Heleno é feita também por Neoptólemo, que procura persuadir Filoctetes com palavras (*peisthênai lógois emoîsin*, vv. 1278-1279) a navegar com ele a Troia, de bom grado, e não pela força, como ameaça fazê-lo Odisseu (*bíai*, v. 983; *bías*, v. 985; *bíai*, v. 988, *bíai*, v. 1297). A persuasão de Neoptólemo consiste em retomar o argumento já antes esboçado (vv. 196-200) de que a doença de Filoctetes tem origem divina, assim como é de origem divina o vaticínio de que, persuadido e, portanto, de bom grado, deve ir a Troia, onde, uma vez curado, tomará a cidadela de Príamo. Doença e cura aparecem interligadas, por sua causalidade divina, à Planície de Troia e sua conquista com o arco de Héracles.

A fala de Neoptólemo nesse momento retoma elementos da narrativa do falso mercador e de sua fala anterior, expandindo-os e acrescentando-lhes novas informações. Diferentemente do falso mercador, que inicia seu relato com a captura de Heleno por Odisseu e depois passa a reportar o conteúdo do vaticínio, Neoptólemo começa narrando o conteúdo do vaticínio e somente depois identifica sua origem ao mencionar Heleno e sua captura pelo exército grego.

Uma diferença mais significativa encontra-se no conteúdo mesmo do vaticínio. Na formulação do vaticínio feita pelo falso mercador, a tomada de Troia figura como elemento central, para o qual havia uma condição precedente: trazer Filoctetes da ilha em que vivia, mediante persuasão (*peísantes lógoi*, v. 612). Na fala de Neoptólemo, no entanto, a cura da chaga de Filoctetes figura como elemento central, para o qual a condição necessária é que ele vá a Troia por vontade própria (*hekòn autós*, v. 1332). A este elemento central, acrescenta-se, em duas orações aditivas (*kaí*, vv. 1333 e 1334), que Filoctetes será curado pelos Asclépides e que conquistará Troia, com seu arco, junto a Neoptólemo (*ksún t' emoín*, v. 1335).

Outra diferença significativa diz respeito à captura de Troia: enquanto na formulação do vaticínio feita pelo falso mercador a cidade só haveria de cair *se* (*ei*, v. 612) as condições precedentes fossem cumpridas, na formulação de Neoptólemo a tomada da cidade é não apenas certa, mas temporalmente localizada: "no presente verão" (*toû parestôtos thérous*, v. 1340).

Considerando a primeira menção de Odisseu ao vaticínio, podemos traçar o seguinte esquema até agora:

– Odisseu: Troia *não* (*ouk*, v. 69) será tomada, *se não* (*ei ... mé*, v. 68) com o arco em Troia + dolo

– Falso mercador: Troia *não* (*ou mé pote*, v. 611) será tomada, *se não* (*ei mé*, v. 612) com Filoctetes em Troia + persuasão

– Neoptólemo: Filoctetes *não* (*mé pot'*, v. 1329) será curado, *antes de* (*prín*, v. 1332) Filoctetes em Troia + por decisão própria

Odisseu formula o vaticínio de modo a enfatizar, como se viu, o arco de Filoctetes, além de colocar a captura de Troia como uma conquista no interesse de Neoptólemo (*soi*, v. 69). O falso mercador e Neoptólemo, por sua vez, usam a mesma condição precedente, mas para acontecimentos diversos: o falso mercador, para a tomada de Troia; Neoptólemo, para a cura de Filoctetes. Estabelece-se assim uma equivalência entre a tomada de Troia e a cura de Filoctetes: para ambos, a condição precedente é a mesma, isto é, que Filoctetes vá para Troia de bom grado. Na fala de Neoptólemo, a conquista da cidade aparece, no entanto, ligada a outras variantes: a ação dos Asclépides, o arco de Filoctetes e a parceria do filho de Aquiles. A ordenação desses elementos é incerta e cambiante.

Neoptólemo conecta em sua fala o vaticínio a Heleno, de modo a dar credibilidade a suas palavras. Heleno é descrito como "exímio vate" (*aristómantis*, v. 1338), que prenuncia o porvir de forma clara (*saphôs*, v. 1338). O adivinho, de acordo com Neoptólemo, empenha a própria vida na veracidade de suas palavras. Filoctetes, porém, mesmo tomando conhecimento do vaticínio, não cede, e quando está a ponto de voltar para casa com Neoptólemo, de forma a ambos agirem na contramão do que foi prenunciado por Heleno, dá-se a epifania de Héracles.

A epifania de Héracles compreende seu vaticínio, o qual tanto engloba quanto expande o de Heleno. Os elementos fundamentais permanecem os mesmos: a ida de Filoctetes a Troia (v. 1423), o fim de sua doença por Asclépio (ou seus filhos) (vv. 1424; 1437-1439), o papel do arco na conquista de Troia (vv. 1426-28), a necessária parceria entre Filoctetes e Neoptólemo na conquista da cidadela (vv. 1434-1437), e a cura da chaga de Filoctetes e a conquista de Troia como elementos interligados (vv. 1437-1440). Há o acréscimo de outros elementos: o prenúncio da morte de Páris por Filoctetes e seu arco e as instruções dadas a Filoctetes quanto ao destino do espólio obtido com a vitória.

A soma de todos esses elementos e informações traz clareza e coerência para o vaticínio de Héracles. Significativamente, as condições precedentes, presentes nas diferentes formulações do vaticínio de Heleno, desaparecem. Os elementos básicos estão encadeados, mas não numa relação de dependência um dos outros. Há uma ordem claramente linear: primeiro (*prôton*, v. 1424) dar fim à doença de Filoctetes, e então matar Páris e pilhar Troia. Claro também é o papel de cada um na conquista de Troia: a parceria entre Filoctetes e seu arco e Neoptólemo é necessária; como companheiros devem lutar, protegendo um ao outro.

O vaticínio de Héracles é, assim, a contraparte divina do vaticínio de Heleno: há uma convergência entre ambos. A diferença está menos no fato de que um é proferido por um mortal com o dom divinatório e o outro através da epifania de uma divindade, mas sobretudo pelo grau de transparência que possuem. O vaticínio de Héracles é enunciado diretamente pelo Deus, sem que haja qualquer interferência entre emissor e receptor, enquanto o de Heleno é transmitido de forma indireta, por partes, e com as distorções próprias dos interesses e das limitações do contexto em que é a cada vez enunciado. O vaticínio de Heleno está, portanto, confinado ao horizonte de possibilidades que as próprias palavras proféticas abrem aos mortais. A epifania de Héracles desfaz a instabilidade interpretativa suscitada pelas diferentes formulações do vaticínio, retirando-lhe as camadas que lhe dão opacidade, de modo que, na multiplicidade das suas formulações, revela-se a unidade dos desígnios divinos.

REFERÊNCIAS BIBLIOGRÁFICAS:

BACELAR, Agatha Pitombo. *Tragoidíai: Cantos de Cura? Representações da Doença nos Cultos Dionisíacos e em Tragédias de Sófocles.* Universidade de Brasília, Brasília, 2018. Tese (Doutorado em Linguística).

BOWMAN, L. M. *Knowledge and Prophecy in Sophokles.* University of California, Los Angeles, 1994. Thesis Dissertation.

BUNDELMANN, F. "Myth and Prophecy: Shared Order". *The Language of Sophocles. Communality, Communication and Involvement.* Cambridge, Cambridge University Press, 2006, pp. 92-132.

KAMERBEEK, J. C. *The Plays of Sophocles.* Part IV: The Philoctetes. Leiden, Brill, 1980.

PISTONE, A. N. *When the Gods Speak: Oracular Communication and Concepts of Language in Sophocles.* University of Michigan, 2017. Thesis Dissertation.

SOPHOCLES. *Philoctetes.* Ed. Seth L. Schein. Cambridge, Cambridge University Press, 2013.

ΦΙΛΟΚΤΗΤΗΣ / FILOCTETES*

* A presente tradução segue o texto de H. Lloyd-Jones e N. G. Wilson *Sophoclis Fabulae* (Oxford, Oxford University Press, 1990). Os números à margem dos versos seguem a referência estabelecida pela tradição filológica e nem sempre coincidem com a sequência ordinal.

ΤΑ ΤΟΥ ΔΡΑΜΑΤΟΣ ΠΡΟΣΩΠΑ

Ὀδυσσεύς
Νεοπτόλεμος
Χορός
Φιλοκτήτης
Σκοπὸς ὡς Ἔμπορος
Ἡρακλῆς

PERSONAGENS DO DRAMA

Odisseu
Neoptólemo
Coro de marinheiros
Filoctetes
Espião disfarçado de mercador
Héracles

ΦΙΛΟΚΤΗΤΗΣ

{ΟΔΥΣΣΕΥΣ}
Ἀκτὴ μὲν ἥδε τῆς περιρρύτου χθονὸς
Λήμνου, βροτοῖς ἄστιπτος οὐδ᾽ οἰκουμένη,
ἔνθ᾽, ὦ κρατίστου πατρὸς Ἑλλήνων τραφεὶς
Ἀχιλλέως παῖ Νεοπτόλεμε, τὸν Μηλιᾶ
5   Ποίαντος υἱὸν ἐξέθηκ᾽ ἐγώ ποτε –
ταχθεὶς τόδ᾽ ἔρδειν τῶν ἀνασσόντων ὕπο –
νόσῳ καταστάζοντα διαβόρῳ πόδα·
ὅτ᾽ οὔτε λοιβῆς ἡμὶν οὔτε θυμάτων
παρῆν ἑκήλοις προσθιγεῖν, ἀλλ᾽ ἀγρίαις
10   κατεῖχ᾽ ἀεὶ πᾶν στρατόπεδον δυσφημίαις,
βοῶν, ἰύζων. ἀλλὰ ταῦτα μὲν τί δεῖ
λέγειν; ἀκμὴ γὰρ οὐ μακρῶν ἡμῖν λόγων,
μὴ καὶ μάθῃ μ᾽ ἥκοντα κἀκχέω τὸ πᾶν
σόφισμα τῷ νιν αὐτίχ᾽ αἱρήσειν δοκῶ.
15   ἀλλ᾽ ἔργον ἤδη σὸν τὰ λοίφ᾽ ὑπηρετεῖν,
σκοπεῖν θ᾽ ὅπου 'στ᾽ ἐνταῦθα δίστομος πέτρα
τοιάδ᾽, ἵν᾽ ἐν ψύχει μὲν ἡλίου διπλῆ
πάρεστιν ἐνθάκησις, ἐν θέρει δ᾽ ὕπνον
δι᾽ ἀμφιτρῆτος αὐλίου πέμπει πνοή.
20   βαιὸν δ᾽ ἔνερθεν ἐξ ἀριστερᾶς τάχ᾽ ἂν
ἴδοις ποτὸν κρηναῖον, εἴπερ ἐστὶ σῶν.
ἅ μοι προσελθὼν σῖγα †σήμαιν᾽† εἴτ᾽ ἔχει
χῶρον τὸν αὐτὸν τόνδ᾽ ἔτ᾽, εἴτ᾽ ἄλλῃ κυρεῖ,
ὡς τἀπίλοιπα τῶν λόγων σὺ μὲν κλύῃς,
25   ἐγὼ δὲ φράζω, κοινὰ δ᾽ ἐξ ἀμφοῖν ἴῃ.

[PRÓLOGO (1-134)]

ODISSEU

Esta é a orla da circunfluente Lemnos
terra intacta e inabitada de mortais
onde, ó Neoptólemo, filho de Aquiles,
o mais forte dos gregos, eu um dia
5   abandonei o malieu filho de Peante
por ordem dos reis de assim fazer,
supurado o pé de corrosiva moléstia,
quando nem libação nem oferendas
tocávamos tranquilos, mas ele sempre
10   com rude tumulto tinha o campo todo,
gritando, gemendo. Mas por que devo
dizê-lo? Não nos convêm longas falas,
não me saiba aqui nem perca eu todo
o ardil com que creio capturá-lo rápido.
15   Mas já tua tarefa é o restante serviço,
espiar onde aqui está bifronte pedra
tal que no frio se dá dupla incidência
do Sol, e no estio o sopro do vento
envia Sono pela ambidestra morada.
20   Pouco abaixo à esquerda talvez vejas
fonte potável, se é que está saudável.
Aproxima-te silente e indica-me se
tem este mesmo lugar, ou se mudou,
para que tu ouças o resto das razões
25   e eu explique e vá o comum de ambos.

39

{ΝΕΟΠΤΟΛΕΜΟΣ}

    ἄναξ Ὀδυσσεῦ, τοὔργον οὐ μακρὰν λέγεις·
    δοκῶ γὰρ οἷον εἶπας ἄντρον εἰσορᾶν.

{ΟΔ.}

    ἄνωθεν, ἢ κάτωθεν; οὐ γὰρ ἐννοῶ.

{ΝΕ.}

    τόδ᾽ ἐξύπερθε, καὶ στίβου γ᾽ οὐδεὶς κτύπος.

{ΟΔ.}

30   *ὅρα καθ᾽ ὕπνον μὴ καταυλισθεὶς κυρῇ.*

{ΝΕ.}

    ὁρῶ κενὴν οἴκησιν ἀνθρώπων δίχα.

{ΟΔ.}

    οὐδ᾽ ἔνδον οἰκοποιός ἐστί τις τροφή;

{ΝΕ.}

    στιπτή γε φυλλὰς ὡς ἐναυλίζοντί τῳ.

{ΟΔ.}

    τὰ δ᾽ ἄλλ᾽ ἔρημα, κοὐδέν ἐσθ᾽ ὑπόστεγον;

{ΝΕ.}

35   *αὐτόξυλόν γ᾽ ἔκπωμα, φλαυρουργοῦ τινος*
    τεχνήματ᾽ ἀνδρός, καὶ πυρεῖ᾽ ὁμοῦ τάδε.

{ΟΔ.}

    κείνου τὸ θησαύρισμα σημαίνεις τόδε.

NEOPTÓLEMO

Rei Odisseu, não dizes longa a tarefa
pois creio ver uma gruta como dizes.

ODISSEU

Em cima, ou embaixo? Pois não vejo.

NEOPTÓLEMO

Aqui acima, e nenhum ruído de passo.

ODISSEU

30   Observa se não está dormindo na gruta.

NEOPTÓLEMO

Observo que o ninho está vazio de gente.

ODISSEU

Algum conforto lá dentro a faz habitável?

NEOPTÓLEMO

Folhas pisadas como por um pernoitante.

ODISSEU

O resto é ermo e não há nada sob o teto?

NEOPTÓLEMO

35   Copo de madeira, fabricado por varão
pouco perito, e perto estas pederneiras.

ODISSEU

O que me indicas é o entesourado dele.

{ΝΕ.}

ἰοὺ ἰού· καὶ ταῦτά γ’ ἄλλα θάλπεται
ῥάκη, βαρείας του νοσηλείας πλέα.

{ΟΔ.}

40 ἀνὴρ κατοικεῖ τούσδε τοὺς τόπους σαφῶς,
κἄστ’ οὐχ ἑκάς που. πῶς γὰρ ἂν νοσῶν ἀνὴρ
κῶλον παλαιᾷ κηρὶ προστείχοι μακράν;
ἀλλ’ ἢ ’πὶ φορβῆς μαστὺν ἐξελήλυθεν,
ἢ φύλλον εἴ τι νώδυνον κάτοιδέ που.
45 τὸν οὖν παρόντα πέμψον εἰς κατασκοπήν,
μὴ καὶ λάθῃ με προσπεσών· ὡς μᾶλλον ἂν
ἕλοιτ’ ἔμ’ ἢ τοὺς πάντας Ἀργείους λαβεῖν.

{ΝΕ.}

ἀλλ’ ἔρχεταί τε καὶ φυλάξεται στίβος.
σὺ δ’ εἴ τι χρῄζεις, φράζε δευτέρῳ λόγῳ.

{ΟΔ.}

50 Ἀχιλλέως παῖ, δεῖ σ’ ἐφ’ οἷς ἐλήλυθας
γενναῖον εἶναι, μὴ μόνον τῷ σώματι,
ἀλλ’ ἤν τι καινόν, ὧν πρὶν οὐκ ἀκήκοας,
κλύῃς, ὑπουργεῖν, ὡς ὑπηρέτης πάρει.

{ΝΕ.}

τί δῆτ’ ἄνωγας;

{ΟΔ.}

τὴν Φιλοκτήτου σε δεῖ
55 ψυχὴν ὅπως λόγοισιν ἐκκλέψεις λέγων,
ὅταν σ’ ἐρωτᾷ τίς τε καὶ πόθεν πάρει,
λέγειν, Ἀχιλλέως παῖς· τόδ’ οὐχὶ κλεπτέον·
πλεῖς δ’ ὡς πρὸς οἶκον, ἐκλιπὼν τὸ ναυτικὸν

NEOPTÓLEMO

Ioù ioú! Eis aqui outros andrajos secam
espessos de uma insuportável purulência.

ODISSEU

40   O varão mora nesse lugar, claro, algures
está não longe. Com a moléstia da perna
por sorte prisca, como o varão iria longe?
Mas ou ele saiu em busca de alimento ou
se conhece alguma folhagem contra dor.
45   Envia o teu assistente para a observação,
não nos esconda ele seu ataque, pois ele
me escolheria a mim a todos os argivos.

NEOPTÓLEMO

Mas está a caminho e observará vestígio.
Se tu queres algo, diz pela segunda vez.

ODISSEU

50   Filho de Aquiles, em vista de por que
vieste, deves ser nobre, não só de corpo,
mas se algo novo, que antes não ouviras,
ouvires, servir, já que estás em serviço.

NEOPTÓLEMO

Que ordenas?

ODISSEU

Deves com palavras
55   tratar de furtar a alma de Filoctetes.
Ao te perguntar quem e donde és,
diz filho de Aquiles, isso não furtes.
Diz que regressas egresso da frota

ΦΙΛΟΚΤΗΤΗΣ

στράτευμ' Ἀχαιῶν, ἔχθος ἐχθήρας μέγα,
60 οἵ σ' ἐν λιταῖς στείλαντες ἐξ οἴκων μολεῖν,
μόνην γ' ἔχοντες τήνδ' ἅλωσιν Ἰλίου,
οὐκ ἠξίωσαν τῶν Ἀχιλλείων ὅπλων
ἐλθόντι δοῦναι κυρίως αἰτουμένῳ,
ἀλλ' αὔτ' Ὀδυσσεῖ παρέδοσαν· λέγων ὅσ' ἂν
65 θέλῃς καθ' ἡμῶν ἔσχατ' ἐσχάτων κακά.
τούτῳ γὰρ οὐδέν μ' ἀλγυνεῖς· εἰ δ' ἐργάσῃ
μὴ ταῦτα, λύπην πᾶσιν Ἀργείοις βαλεῖς.
εἰ γὰρ τὰ τοῦδε τόξα μὴ ληφθήσεται,
οὐκ ἔστι πέρσαι σοι τὸ Δαρδάνου πέδον.
70 ὡς δ' ἔστ' ἐμοὶ μὲν οὐχί, σοὶ δ' ὁμιλία
πρὸς τόνδε πιστὴ καὶ βέβαιος, ἔκμαθε.
σὺ μὲν πέπλευκας οὔτ' ἔνορκος οὐδενὶ
οὔτ' ἐξ ἀνάγκης οὔτε τοῦ πρώτου στόλου,
ἐμοὶ δὲ τούτων οὐδέν ἐστ' ἀρνήσιμον.
75 ὥστ' εἴ με τόξων ἐγκρατὴς αἰσθήσεται,
ὄλωλα καὶ σὲ προσδιαφθερῶ ξυνών.
ἀλλ' αὐτὸ τοῦτο δεῖ σοφισθῆναι, κλοπεὺς
ὅπως γενήσῃ τῶν ἀνικήτων ὅπλων.
ἔξοιδα, παῖ, φύσει σε μὴ πεφυκότα
80 τοιαῦτα φωνεῖν μηδὲ τεχνᾶσθαι κακά·
ἀλλ' ἡδὺ γάρ τοι κτῆμα τῆς νίκης λαβεῖν,
τόλμα· δίκαιοι δ' αὖθις ἐκφανούμεθα.
νῦν δ' εἰς ἀναιδὲς ἡμέρας μέρος βραχὺ
δός μοι σεαυτόν, κᾆτα τὸν λοιπὸν χρόνον
85 κέκλησο πάντων εὐσεβέστατος βροτῶν.

{ΝΕ.}
ἐγὼ μὲν οὓς ἂν τῶν λόγων ἀλγῶ κλύων,
Λαερτίου παῖ, τούσδε καὶ πράσσειν στυγῶ·
ἔφυν γὰρ οὐδὲν ἐκ τέχνης πράσσειν κακῆς,
οὔτ' αὐτὸς οὔθ', ὥς φασιν, οὑκφύσας ἐμέ.

naval de aqueus com grande rancor.

60 Com rogos te fazendo sair de casa,
quando só assim podem pilhar Ílion,
não avaliam dar as armas de Aquiles
a quem vem com lídima reclamação,
mas deram-nas a Odisseu. Diz quantos
65 males mais extremos queres para nós.
Assim não me darás dor, mas se fizeres
não assim, afligirás todos os argivos.
Se as flechas dele não forem levadas
não poderás pilhar o solo dardânio.
70 Já que não tenho, mas tens o acesso
a ele confiável e seguro, compreende!
Não navegastes por algum juramento,
nem sob coerção nem na primeira leva,
nenhuma dessas para mim é irrefutável,
75 de modo que se dono do arco me vir
estou perdido e perco-te por estar junto.
Nisto mesmo tu hás de ser hábil para
te tornares ladro de invencíveis armas.
Bem sei, filho, que por natureza não
80 és de dizer tais falas e maquinar males,
mas doce conquista é obter a vitória.
Ousa! Outra vez pareceremos justos.
Agora breve parte impudica do dia
dá-me de ti, depois o tempo restante
85 sê dito o mais pio dos mortais todos.

NEOPTÓLEMO

Eu, se as palavras não tolero ouvir,
filho de Laerte, tenho horror aos atos.
Sou nato para não agir por arte má,
nem eu, nem o meu pai, ao que dizem.

ΦΙΛΟΚΤΗΤΗΣ

90 ἀλλ᾽ εἴμ᾽ ἑτοῖμος πρὸς βίαν τὸν ἄνδρ᾽ ἄγειν
καὶ μὴ δόλοισιν· οὐ γὰρ ἐξ ἑνὸς ποδὸς
ἡμᾶς τοσούσδε πρὸς βίαν χειρώσεται.
πεμφθείς γε μέντοι σοὶ ξυνεργάτης ὀκνῶ
προδότης καλεῖσθαι· βούλομαι δ᾽, ἄναξ, καλῶς
95 δρῶν ἐξαμαρτεῖν μᾶλλον ἢ νικᾶν κακῶς.

{ΟΔ.}

ἐσθλοῦ πατρὸς παῖ, καὐτὸς ὢν νέος ποτὲ
γλῶσσαν μὲν ἀργόν, χεῖρα δ᾽ εἶχον ἐργάτιν·
νῦν δ᾽ εἰς ἔλεγχον ἐξιὼν ὁρῶ βροτοῖς
τὴν γλῶσσαν, οὐχὶ τἄργα, πάνθ᾽ ἡγουμένην.

{ΝΕ.}
100 τί οὖν μ᾽ ἄνωγας ἄλλο πλὴν ψευδῆ λέγειν;

{ΟΔ.}

λέγω σ᾽ ἐγὼ δόλῳ Φιλοκτήτην λαβεῖν.

{ΝΕ.}

τί δ᾽ ἐν δόλῳ δεῖ μᾶλλον ἢ πείσαντ᾽ ἄγειν;

{ΟΔ.}

οὐ μὴ πίθηται· πρὸς βίαν δ᾽ οὐκ ἂν λάβοις.

{ΝΕ.}

οὕτως ἔχει τι δεινὸν ἰσχύος θράσος;

{ΟΔ.}
105 ἰούς <γ᾽> ἀφύκτους καὶ προπέμποντας φόνον.

90 Estou pronto a levar o varão à força
e não por dolo. Com uma só perna
não nos vencerá a nós tantos à força.
Na missão de teu cooperador, porém,
temo ser dito traidor. Ó rei, prefiro
95 falhar por agir bem a vencer por mal.

ODISSEU
Filho de nobre pai, eu mesmo jovem
tinha a língua inativa e o braço ativo,
agora posto à prova vejo que a língua
dos mortais, não os braços, guia tudo.

NEOPTÓLEMO
100 A que me exortas senão a falar falso?

ODISSEU
Eu te digo pegar Filoctetes com dolo.

NEOPTÓLEMO
Por que dolo mais do que persuasão?

ODISSEU
Não se persuade nem pegarias à força.

NEOPTÓLEMO
Tão terrível confiança ele tem na força?

ODISSEU
105 Setas inevitáveis portadoras de morte.

47

{ΝΕ.}

    οὐκ ἄρ᾽ ἐκείνῳ γ᾽ οὐδὲ προσμεῖξαι θρασύ;

{ΟΔ.}

    οὔ, μὴ δόλῳ λαβόντα γ᾽, ὡς ἐγὼ λέγω.

{ΝΕ.}

    οὐκ αἰσχρὸν ἡγῇ δῆτα τὸ ψευδῆ λέγειν;

{ΟΔ.}

    οὔκ, εἰ τὸ σωθῆναί γε τὸ ψεῦδος φέρει.

{ΝΕ.}

110   πῶς οὖν βλέπων τις ταῦτα τολμήσει λακεῖν;

{ΟΔ.}

    ὅταν τι δρᾷς εἰς κέρδος, οὐκ ὀκνεῖν πρέπει.

{ΝΕ.}

    κέρδος δ᾽ ἐμοὶ τί τοῦτον ἐς Τροίαν μολεῖν;

{ΟΔ.}

    αἱρεῖ τὰ τόξα ταῦτα τὴν Τροίαν μόνα.

{ΝΕ.}

    οὐκ ἄρ᾽ ὁ πέρσων, ὡς ἐφάσκετ᾽, εἴμ᾽ ἐγώ;

{ΟΔ.}

115   οὔτ᾽ ἂν σὺ κείνων χωρὶς οὔτ᾽ ἐκεῖνα σοῦ.

{ΝΕ.}

    θηρατέ᾽ <ἂν> γίγνοιτ᾽ ἄν, εἴπερ ὧδ᾽ ἔχει.

NEOPTÓLEMO

Não se ousa nem se aproximar dele?

ODISSEU

Não, sem pegar com dolo como digo.

NEOPTÓLEMO

Não consideras mesmo vil falar falso?

ODISSEU

Não, se a mentira produz a salvação.

NEOPTÓLEMO

110   Como se encarar se ousar dizer isso?

ODISSEU

Se fazes proveito, não cabe hesitar.

NEOPTÓLEMO

Que proveito meu é sua ida a Troia?

ODISSEU

Somente estas flechas tomam Troia.

NEOPTÓLEMO

O vencedor, como dizes, não sou eu.

ODISSEU

115   Nem tu sem elas, nem elas sem ti.

NEOPTÓLEMO

Elas seriam de se caçar, se é assim.

{ΟΔ.}

ὡς τοῦτό γ᾽ ἔρξας δύο φέρῃ δωρήματα.

{ΝΕ.}

ποίω; μαθὼν γὰρ οὐκ ἂν ἀρνοίμην τὸ δρᾶν.

{ΟΔ.}

σοφός τ᾽ ἂν αὐτὸς κἀγαθὸς κεκλῇ᾽ ἅμα.

{ΝΕ.}

120   ἴτω· ποήσω, πᾶσαν αἰσχύνην ἀφείς.

{ΟΔ.}

ἦ μνημονεύεις οὖν ἅ σοι παρῄνεσα;

{ΝΕ.}

σάφ᾽ ἴσθ᾽, ἐπείπερ εἰσάπαξ συνῄνεσα.

{ΟΔ.}

σὺ μὲν μένων νυν κεῖνον ἐνθάδ᾽ ἐκδέχου,
ἐγὼ δ᾽ ἄπειμι, μὴ κατοπτευθῶ παρών,
125   καὶ τὸν σκοπὸν πρὸς ναῦν ἀποστελῶ πάλιν.
καὶ δεῦρ᾽, ἐάν μοι τοῦ χρόνου δοκῆτέ τι
κατασχολάζειν, αὖθις ἐκπέμψω πάλιν
τοῦτον τὸν αὐτὸν ἄνδρα, ναυκλήρου τρόποις
μορφὴν δολώσας, ὡς ἂν ἀγνοίᾳ προσῇ·
130   οὗ δῆτα, τέκνον, ποικίλως αὐδωμένου
δέχου τὰ συμφέροντα τῶν ἀεὶ λόγων.
ἐγὼ δὲ πρὸς ναῦν εἶμι, σοὶ παρεὶς τάδε·
Ἑρμῆς δ᾽ ὁ πέμπων δόλιος ἡγήσαιτο νῷν
Νίκη τ᾽ Ἀθάνα Πολιάς, ἣ σῴζει μ᾽ ἀεί.

50

ODISSEU

Se fizeres isso, levas duas dádivas.

NEOPTÓLEMO

Quais? Ciente não recusaria fazer.

ODISSEU

Serias dito ser ambos hábil e bravo.

NEOPTÓLEMO

120   Seja! Faça! Que se vá todo pudor!

ODISSEU

Tu te lembras do que te aconselhei?

NEOPTÓLEMO

Bem sabe, uma vez que concordei!

ODISSEU

Permanece tu agora aqui e recebe-o,
eu partirei, não me observe presente!
125   Enviarei o vigia de volta ao navio.
E para cá, se me parecer que tardais
muito tempo, enviarei outra vez ainda
esse mesmo varão com jeito de piloto
com disfarce que fique irreconhecível,
130   tu, filho, de seu enunciado cambiante
recolhe o que em cada fala te for útil.
Eu, dada a instrução, vou para o navio.
Hermes, o condutor doloso, nos guie,
e Vitória Atena Políade, a salvadora!

ΦΙΛΟΚΤΗΤΗΣ

{ΧΟΡΟΣ}

{str. 1.} τί χρή τί χρή με, δέσποτ', ἐν ξένᾳ ξένον
136   στέγειν, ἢ τί λέγειν πρὸς ἄνδρ' ὑπόπταν;
φράζε μοι.
τέχνα γὰρ τέχνας ἑτέρας
προὔχει καὶ γνώμα παρ' ὅτῳ τὸ θεῖον
140   Διὸς σκῆπτρον ἀνάσσεται.
σὲ δ', ὦ τέκνον, τόδ' ἐλήλυθεν
πᾶν κράτος ὠγύγιον· τό μοι ἔννεπε
τί σοι χρεὼν ὑπουργεῖν.

{ΝΕ.}

    νῦν μέν, ἴσως γὰρ τόπον ἐσχατιαῖς
145   προσιδεῖν ἐθέλεις ὅντινα κεῖται,
δέρκου θαρσῶν· ὁπόταν δὲ μόλῃ
δεινὸς ὁδίτης, τῶνδ' ἐκ μελάθρων,
πρὸς ἐμὴν αἰεὶ χεῖρα προχωρῶν
πειρῶ τὸ παρὸν θεραπεύειν.

{ΧΟ.}

{ant. 1.} μέλον πάλαι μέλημά μοι λέγεις, ἄναξ,
151   φρουρεῖν ὄμμ' ἐπὶ σῷ μάλιστα καιρῷ·
νῦν δέ μοι
λέγ' αὐλὰς ποίας ἔνεδρος
ναίει καὶ χῶρον τίν' ἔχει. τὸ γάρ μοι
155   μαθεῖν οὐκ ἀποκαίριον,
μὴ προσπεσών με λάθῃ ποθέν·
τίς τόπος, ἢ τίς ἕδρα; τίν' ἔχει στίβον,
ἔναυλον ἢ θυραῖον;

[PÁRODO (135-218)]

CORO

EST.1 Que devo, que devo, senhor, hóspede em hóspeda
136   terra, calar, ou o que dizer ao varão suspicaz?
       Dize-me,
       pois arte supera outra arte
       e siso outro siso junto a quem
140   tem o divino cetro de Zeus.
       A ti, filho, veio todo este
       poder ogígio, diz-me isto
       como se deve te auxiliar.

NEOPTÓLEMO

       Agora, o lugar nos confins
145   talvez queiras ver onde jaz,
       olha! Ousa! Quando vier
       o terrível rueiro deste teto,
       vai sempre à minha mão
       e tenta prover o presente!

CORO

ANT. 1 O cuidado de meu cuidado me dizes, senhor,
151   vigilante espreitar tua máxima oportunidade.
        Dize-me
        agora que morada o residente
        habita e que lugar tem. Saber
155   disso não tenho por inoportuno.
        Não me ataque despercebido!
        Que lugar? Que pouso? Que
        pista se tem em casa ou fora?

{NE.}

    οἶκον μὲν ὁρᾷς τόνδ᾽ ἀμφίθυρον
160   πετρίνης κοίτης.

{ΧΟ.}

    ποῦ γὰρ ὁ τλήμων αὐτὸς ἄπεστιν;

{NE.}

    δῆλον ἔμοιγ᾽ ὡς φορβῆς χρείᾳ
    στίβον ὀγμεύει τόνδε πέλας που.
    ταύτην γὰρ ἔχειν βιοτῆς αὐτὸν
165   λόγος ἐστὶ φύσιν, θηροβολοῦντα
    πτηνοῖς ἰοῖς σμυγερὸν σμυγερῶς,
    οὐδέ τιν᾽ αὐτῷ
    παιῶνα κακῶν ἐπινωμᾶν.

{ΧΟ.}

{str. 2.} οἰκτίρω νιν ἔγωγ᾽, ὅπως,
170   μή του κηδομένου βροτῶν
    μηδὲ ξύντροφον ὄμμ᾽ ἔχων,
    δύστανος, μόνος αἰεί,
    νοσεῖ μὲν νόσον ἀγρίαν,
    ἀλύει δ᾽ ἐπὶ παντί τῳ
175   χρείας ἱσταμένῳ. πῶς ποτε πῶς δύσμορος ἀντέχει;
    ὦ παλάμαι θεῶν,
    ὦ δύστανα γένη βροτῶν,
    οἷς μὴ μέτριος αἰών.

{ant. 2.} οὗτος πρωτογόνων ἴσως
181   οἴκων οὐδενὸς ὕστερος,
    πάντων ἄμμορος ἐν βίῳ
    κεῖται μοῦνος ἀπ᾽ ἄλλων
    στικτῶν ἢ λασίων μετὰ

NEOPTÓLEMO

      Vês este covil de duas portas
160   do leito feito na pedra.

CORO

      Onde afastado está o mísero?

NEOPTÓLEMO

      Claro que buscando repasto
      algures perto arrasta o passo.
      Conta-se que tem este modo
165   de vida mísera o miserável
      ferindo fera com seta alada,
      e dele não se aproxima
      nenhum médico de males.

CORO

      Apiedo-me dele, pois
170   sem o zelo de mortais
      nem congênito olhar
      o infausto sempre só
      adoece de rude doença,
      vagueia por toda falta
175   surgida, como afinal, como com má parte resiste?
      Ó palmas dos Deuses,
      ó infausto ser mortal
      que tem imódica vida.

ANT.2   Ele talvez inferior a
181   casa prisca nenhuma,
      sem parte na vida de
      todos os outros, jaz só,
      com as feras pedreses

ΦΙΛΟΚΤΗΤΗΣ

185 θηρῶν, ἔν τ᾽ ὀδύναις ὁμοῦ
λιμῷ τ᾽ οἰκτρὸς ἀνήκεστ᾽ ἀμερίμνητά τ᾽ ἔχων βάρη.
ἁ δ᾽ ἀθυρόστομος
Ἀχὼ τηλεφανὴς πικρὰς
190 οἰμωγαῖς ὑπακούει.

{ΝΕ.}

οὐδὲν τούτων θαυμαστὸν ἐμοί·
θεῖα γάρ, εἴπερ κἀγώ τι φρονῶ,
καὶ τὰ παθήματα κεῖνα πρὸς αὐτὸν
τῆς ὠμόφρονος Χρύσης ἐπέβη,
195 καὶ νῦν ἃ πονεῖ δίχα κηδεμόνων,
οὐκ ἔσθ᾽ ὡς οὐ θεῶν του μελέτῃ
τοῦ μὴ πρότερον τόνδ᾽ ἐπὶ Τροίᾳ
τεῖναι τὰ θεῶν ἀμάχητα βέλη,
πρὶν ὅδ᾽ ἐξήκοι χρόνος, ᾧ λέγεται
200 χρῆναί σφ᾽ ὑπὸ τῶνδε δαμῆναι.

{ΧΟ.}
{STR. 3.} εὔστομ᾽ ἔχε, παῖ.

{ΝΕ.}

τί τόδε;

{ΧΟ.}

προὐφάνη κτύπος,
φωτὸς σύντροφος ὡς τειρομένου <του>,
ἤ που τᾷδ᾽ ἢ τᾷδε τόπων.
205 βάλλει βάλλει μ᾽ ἐτύμα
φθογγά του στίβον κατ᾽ ἀνάγ-
καν ἕρποντος, οὐδέ με λά-
θει βαρεῖα τηλόθεν αὐ-
209 ὰ τρυσάνωρ· διάσημα θρηνεῖ.

185   ou velosas, com dores,
com fome, triste com fardo sem cura nem cuidado.
Eco de boca sem porta
audível ao longe responde
190   a suas amargas lamúrias.

NEOPTÓLEMO

Nada disso me admira.
Divino, assim penso eu,
distúrbio lhe sobreveio
de crudelíssima Crisa
195   e ora sem cura padece,
não sem que um Deus
cuide não visem Troia
invictas setas de Deuses
antes de quando, dizem,
200   deve ser por elas pilhada.

CORO

Quieto, filho!

NEOPTÓLEMO

Que é?

CORO

EST.3   Surgiu ruído
qual próprio de varão extenuado
de lugar algures aqui ou ali.
205   Toca, toca-me verdadeira
voz de alguém sob coerção
de arrastar o passo, não me
escapa grave rumor longe
209   extenuante, claro reclama.

{ANT. 3.} ἀλλ᾽ ἔχε, τέκνον –

{NE.}

λέγ᾽ ὅ τι.

{XO.}

φροντίδας νέας·
ὡς οὐκ ἔξεδρος, ἀλλ᾽ ἔντοπος ἀνήρ,
οὐ μολπὰν σύριγγος ἔχων,
ὡς ποιμὴν ἀγροβάτας,
215   ἀλλ᾽ ἤ που πταίων ὑπ᾽ ἀνάγ-
κας βοᾷ τηλωπὸν ἰω-
άν, ἢ ναὸς ἄξενον αὐ-
γάζων ὅρμον· προβοᾷ τι δεινόν.

Mas tem, filho...

NEOPTÓLEMO

O quê?

CORO

ANT.3 ...novo cuidado!
O varão não está fora, mas em seu local,
não com som de flauta
como pastor campestre,
215 ou por tropeçar coagido
emite ressoante grito,
ou por ver inóspito
porto brada terrível.

{ΦΙΛΟΚΤΗΤΗΣ}
    ἰὼ ξένοι·
220   τίνες ποτ᾽ ἐς γῆν τήνδε ναυτίλῳ πλάτῃ
    κατέσχετ᾽ οὔτ᾽ εὔορμον οὔτ᾽ οἰκουμένην;
    ποίας πάτρας ὑμᾶς ἂν ἢ γένους ποτὲ
    τύχοιμ᾽ ἂν εἰπών; σχῆμα μὲν γὰρ Ἑλλάδος
    στολῆς ὑπάρχει προσφιλεστάτης ἐμοί·
225   φωνῆς δ᾽ ἀκοῦσαι βούλομαι· καὶ μή μ᾽ ὄκνῳ
    δείσαντες ἐκπλαγῆτ᾽ ἀπηγριωμένον,
    ἀλλ᾽ οἰκτίσαντες ἄνδρα δύστηνον, μόνον,
    ἔρημον ὧδε κἄφιλον καλούμενον,
    φωνήσατ᾽, εἴπερ ὡς φίλοι προσήκετε.
230   ἀλλ᾽ ἀνταμείψασθ᾽· οὐ γὰρ εἰκὸς οὔτ᾽ ἐμὲ
    ὑμῶν ἁμαρτεῖν τοῦτό γ᾽ οὔθ᾽ ὑμᾶς ἐμοῦ.

{ΝΕ.}
    ἀλλ᾽, ὦ ξέν᾽, ἴσθι τοῦτο πρῶτον, οὕνεκα
    Ἕλληνές ἐσμεν· τοῦτο γὰρ βούλῃ μαθεῖν.

{ΦΙ.}
    ὦ φίλτατον φώνημα· φεῦ τὸ καὶ λαβεῖν
235   πρόσφθεγμα τοιοῦδ᾽ ἀνδρὸς ἐν χρόνῳ μακρῷ.
    τίς σ᾽, ὦ τέκνον, προσέσχε, τίς προσήγαγεν
    χρεία; τίς ὁρμή; τίς ἀνέμων ὁ φίλτατος;
    γέγωνέ μοι πᾶν τοῦθ᾽, ὅπως εἰδῶ τίς εἶ.

{ΝΕ.}
    ἐγὼ γένος μέν εἰμι τῆς περιρρύτου

[PRIMEIRO EPISÓDIO (219-675)]

FILOCTETES

Iò hóspedes!

220 Quem sois vós vindos com remos navais
a esta terra sem bom porto nem habitada?
De que pátria ou tribo afinal eu acertaria
se vos dissesse? O tipo de vossas vestes
parece grego, as mais amáveis para mim.

225 Quero vos ouvir a voz. Não me receeis
nem vos espante meu aspecto selvagem.
Apiedai-vos de varão infausto, sozinho,
abandonado e sem amigos, arruinado,
falai, se vós aqui viestes como amigos!

230 Mas respondei, pois não nos convém
eu disso vos impedir, nem vós a mim.

NEOPTÓLEMO

Mas, ó forasteiro, sabe isto primeiro
somos gregos, pois o queres saber.

FILOCTETES

Ó caríssima palavra! *Pheû*, receber

235 saudação de tal varão em longo tempo!
Que te traz, filho? Que dever te incita?
Que impulso? Qual caríssimo vento?
Diz-me tudo isso para saber quem és!

NEOPTÓLEMO

Eu sou nato da circunfluente Ciro.

240 Σκύρου· πλέω δ᾽ ἐς οἶκον· αὐδῶμαι δὲ παῖς
Ἀχιλλέως, Νεοπτόλεμος. οἶσθ᾽ ἤδη τὸ πᾶν.

{ΦΙ.}

ὦ φιλτάτου παῖ πατρός, ὦ φίλης χθονός,
ὦ τοῦ γέροντος θρέμμα Λυκομήδους, τίνι
στόλῳ προσέσχες τήνδε γῆν; πόθεν πλέων;

{ΝΕ.}
245 ἐξ Ἰλίου τοι δὴ τανῦν γε ναυστολῶ.

{ΦΙ.}

πῶς εἶπας; οὐ γὰρ δὴ σύ γ᾽ ἦσθα ναυβάτης
ἡμῖν κατ᾽ ἀρχὴν τοῦ πρὸς Ἴλιον στόλου.

{ΝΕ.}

ἦ γὰρ μετέσχες καὶ σὺ τοῦδε τοῦ πόνου;

{ΦΙ.}

ὦ τέκνον, οὐ γὰρ οἶσθά μ᾽ ὄντιν᾽ εἰσορᾷς;

{ΝΕ.}
250 πῶς γὰρ κάτοιδ᾽ ὅν γ᾽ εἶδον οὐδεπώποτε;

{ΦΙ.}

οὐδ᾽ οὔνομ᾽ < ἄρ᾽ > οὐδὲ τῶν ἐμῶν κακῶν κλέος
ᾔσθου ποτ᾽ οὐδέν, οἷς ἐγὼ διωλλύμην;

{ΝΕ.}

ὡς μηδὲν εἰδότ᾽ ἴσθι μ᾽ ὧν ἀνιστορεῖς.

240   Navego para casa. Dizem-me filho
de Aquiles, Neoptólemo. Eis tudo.

FILOCTETES

Ó caríssimo filho do pai, ó caro solo,
ó rebento do ancião Licomedes, que
missão te traz a esta terra? Donde vens?

NEOPTÓLEMO

245   Desde Ílion agora sim estou singrando.

FILOCTETES

Que dizes? Tu não embarcaste conosco
no começo da expedição contra Troia.

NEOPTÓLEMO

Participaste também tu deste trabalho?

FILOCTETES

Ó filho, não sabes quem vês em mim?

NEOPTÓLEMO

250   Como conheço quem nunca jamais vi?

FILOCTETES

Nem o nome nem a glória de meus males,
pelos quais fui destruído, nunca ouviste?

NEOPTÓLEMO

Sabe que nada sei do que me perguntas.

{ΦΙ.}

ὦ πόλλ᾽ ἐγὼ μοχθηρός, ὦ πικρὸς θεοῖς,
255 οὗ μηδὲ κληδὼν ὧδ᾽ ἔχοντος οἴκαδε
μηδ᾽ Ἑλλάδος γῆς μηδαμοῦ διῆλθέ που,
ἀλλ᾽ οἱ μὲν ἐκβαλόντες ἀνοσίως ἐμὲ
γελῶσι σῖγ᾽ ἔχοντες, ἡ δ᾽ ἐμὴ νόσος
ἀεὶ τέθηλε κἀπὶ μεῖζον ἔρχεται.
260 ὦ τέκνον, ὦ παῖ πατρὸς ἐξ Ἀχιλλέως,
ὅδ᾽ εἴμ᾽ ἐγώ σοι κεῖνος, ὃν κλύεις ἴσως
τῶν Ἡρακλείων ὄντα δεσπότην ὅπλων,
ὁ τοῦ Ποίαντος παῖς Φιλοκτήτης, ὃν οἱ
δισσοὶ στρατηγοὶ χὠ Κεφαλλήνων ἄναξ
265 ἔρριψαν αἰσχρῶς ὧδ᾽ ἔρημον, ἀγρίᾳ
νόσῳ καταφθίνοντα, τῆς ἀνδροφθόρου
πληγέντ᾽ ἐχίδνης ἀγρίῳ χαράγματι·
ξὺν ᾗ μ᾽ ἐκεῖνοι, παῖ, προθέντες ἐνθάδε
ᾤχοντ᾽ ἔρημον, ἡνίκ᾽ ἐκ τῆς ποντίας
270 Χρύσης κατέσχον δεῦρο ναυβάτῃ στόλῳ.
τότ᾽ ἄσμενοί μ᾽ ὡς εἶδον ἐκ πολλοῦ σάλου
εὕδοντ᾽ ἐπ᾽ ἀκτῆς ἐν κατηρεφεῖ πέτρᾳ,
λιπόντες ᾤχονθ᾽, οἷα φωτὶ δυσμόρῳ
ῥάκη προθέντες βαιὰ καί τι καὶ βορᾶς
275 ἐπωφέλημα σμικρόν, οἷ᾽ αὐτοῖς τύχοι.
οὗ δή, τέκνον, ποίαν μ᾽ ἀνάστασιν δοκεῖς
αὐτῶν βεβώτων ἐξ ὕπνου στῆναι τότε;
ποῖ᾽ ἐκδακρῦσαι, ποῖ᾽ ἀποιμῶξαι κακά;
ὁρῶντα μὲν ναῦς, ἃς ἔχων ἐναυστόλουν,
280 πάσας βεβώσας, ἄνδρα δ᾽ οὐδέν᾽ ἔντοπον,
οὐχ ὅστις ἀρκέσειεν, οὐδ᾽ ὅστις νόσου
κάμνοντι συλλάβοιτο· πάντα δὲ σκοπῶν
ηὕρισκον οὐδὲν πλὴν ἀνιᾶσθαι παρόν,
τούτου δὲ πολλὴν εὐμάρειαν, ὦ τέκνον.
285 ὁ μὲν χρόνος δὴ διὰ χρόνου προὔβαινέ μοι,

FILOCTETES

> Ó muito árduo sou, ó amargo aos Deuses!
> 255 De mim estando assim nem notícia vai
> para casa nem vai a nenhures da Grécia!
> Aqueles que sem licitude me repeliram
> têm silencioso riso, mas o meu distúrbio
> sempre floriu e caminha para ser maior.
> 260 Ó filho, ó jovem do pai Aquiles, aqui
> estou eu para ti aquele de quem talvez
> saibas ser o dono das armas de Héracles,
> o filho de Peante, Filoctetes, a quem
> os dois estrategos e o rei dos cefalênios
> 265 abandonaram vis tão ermo, definhando
> com rude distúrbio, picado por serpente
> homicida com rude incisão. Na doença,
> ó filho, eles me expuseram aqui ermo
> e partiram, quando vindos da marinha
> 270 Crisa passaram aqui em náutica missão.
> Contentes ao me ver após muito balanço
> dormir na orla do mar na pedra coberta,
> largam e partem qual a infausto varão
> deixando poucos andrajos e pequena
> 275 valia de alimentos, tal qual os alcance!
> Que despertar te parece despertei, filho,
> do sono naquele dia tendo eles partido?
> Quanto pranteei? Que males lamentei?
> Ao ver que os navios em que naveguei
> 280 todos se foram e nenhum varão havia
> que me ajudasse e que me socorresse
> de distúrbio sofrido. A observar tudo,
> não descobria nada senão ser possível
> dor, disso era grande a facilidade, filho!
> 285 O meu tempo com o tempo progredia

κἄδει τι βαιᾷ τῇδ᾽ ὑπὸ στέγῃ μόνον
διακονεῖσθαι· γαστρὶ μὲν τὰ σύμφορα
τόξον τόδ᾽ ἐξηύρισκε, τὰς ὑποπτέρους
βάλλον πελείας· πρὸς δὲ τοῦθ᾽, ὅ μοι βάλοι
290 νευροσπαδὴς ἄτρακτος, αὐτὸς ἂν τάλας
εἰλυόμην, δύστηνον ἐξέλκων πόδα,
πρὸς τοῦτ᾽ ἄν· εἴ τ᾽ ἔδει τι καὶ ποτὸν λαβεῖν,
καί που πάγου χυθέντος, οἷα χείματι,
ξύλον τι θραῦσαι, ταῦτ᾽ ἂν ἐξέρπων τάλας
295 ἐμηχανώμην· εἶτα πῦρ ἂν οὐ παρῆν,
ἀλλ᾽ ἐν πέτροισι πέτρον ἐκτρίβων μόλις
ἔφην᾽ ἄφαντον φῶς, ὃ καὶ σῴζει μ᾽ ἀεί.
οἰκουμένη γὰρ οὖν στέγη πυρὸς μέτα
πάντ᾽ ἐκπορίζει πλὴν τὸ μὴ νοσεῖν ἐμέ.
300 φέρ᾽, ὦ τέκνον, νῦν καὶ τὸ τῆς νήσου μάθῃς.
ταύτῃ πελάζει ναυβάτης οὐδεὶς ἑκών·
οὐ γάρ τις ὅρμος ἔστιν, οὐδ᾽ ὅποι πλέων
ἐξεμπολήσει κέρδος, ἢ ξενώσεται.
οὐκ ἐνθάδ᾽ οἱ πλοῖ τοῖσι σώφροσιν βροτῶν.
305 τάχ᾽ οὖν τις ἄκων ἔσχε· πολλὰ γὰρ τάδε
ἐν τῷ μακρῷ γένοιτ᾽ ἂν ἀνθρώπων χρόνῳ·
οὗτοί μ᾽, ὅταν μόλωσιν, ὦ τέκνον, λόγοις
ἐλεοῦσι μέν, καί πού τι καὶ βορᾶς μέρος
προσέδοσαν οἰκτίραντες, ἤ τινα στολήν·
310 ἐκεῖνο δ᾽ οὐδείς, ἡνίκ᾽ ἂν μνησθῶ, θέλει,
σῶσαί μ᾽ ἐς οἴκους, ἀλλ᾽ ἀπόλλυμαι τάλας
ἔτος τόδ᾽ ἤδη δέκατον ἐν λιμῷ τε καὶ
κακοῖσι βόσκων τὴν ἀδηφάγον νόσον.
τοιαῦτ᾽ Ἀτρεῖδαί μ᾽ ἥ τ᾽ Ὀδυσσέως βία,
315 ὦ παῖ, δεδράκασ᾽· οἱ Ὀλύμπιοι θεοὶ
δοῖέν ποτ᾽ αὐτοῖς ἀντίποιν᾽ ἐμοῦ παθεῖν.

e era necessário sob este pequeno teto
providenciar algo. Proveito do ventre
estas flechas descobriam ao alcançar
aladas pombas. O que a flecha atingisse
290 a golpe de corda, eu mesmo miserável
rastejava, infausto arrastando a perna,
até lá. Se devesse tomar algo potável
e quando espalhada a neve no inverno
quebrar lenha, infausto a me arrastar
295 isso arranjava. Se não houvesse fogo,
a custo friccionando pedra com pedra
surgia oculta luz que sempre me salva.
Quando habitada com o fogo, a morada
tudo me fornece, exceto não ter distúrbio.
300 Ó filho, saibas agora também desta ilha.
Marujos não se aproximam dela por si.
Não oferece porto, nem onde navegando
comerciar com proveito ou hospedar-se.
Para cá não navegam mortais prudentes.
305 Talvez viessem a contragosto, acontece
muitas vezes em longo tempo a mortais.
Quando vêm, ó filho, apiedam-se de mim
nas palavras, e talvez porção de alimento
ainda me ofereçam por piedade, ou vestes.
310 Nisto ninguém, quando menciono, anui
pôr-me salvo em casa. Miserável pereço,
este já é o décimo ano com fome e ainda
nutrindo com males o insaciável distúrbio.
Assim Atridas e a violência de Odisseu
315 me trataram. A eles os Deuses Olímpios
lhes deem sofrer a minha contrapartida!

{XO.}

> ἔοικα κἀγὼ τοῖς ἀφιγμένοις ἴσα
> ξένοις ἐποικτίρειν σε, Ποίαντος τέκνον.

{NE.}

> ἐγὼ δὲ καὐτὸς τοῖσδε μάρτυς ἐν λόγοις,
> 320 ὡς εἴσ᾽ ἀληθεῖς οἶδα, σὺν τυχὼν κακῶν
> ἀνδρῶν Ἀτρειδῶν τῆς τ᾽ Ὀδυσσέως βίας.

{ΦΙ.}

> ἦ γάρ τι καὶ σὺ τοῖς πανωλέθροις ἔχεις
> ἔγκλημ᾽ Ἀτρείδαις, ὥστε θυμοῦσθαι παθών;

{NE.}

> θυμὸν γένοιτο χειρὶ πληρῶσαί ποτε,
> 325 ἵν᾽ αἱ Μυκῆναι γνοῖεν ἡ Σπάρτη θ᾽ ὅτι
> χἠ Σκῦρος ἀνδρῶν ἀλκίμων μήτηρ ἔφυ.

{ΦΙ.}

> εὖ γ᾽, ὦ τέκνον· τίνος γὰρ ὧδε τὸν μέγαν
> χόλον κατ᾽ αὐτῶν ἐγκαλῶν ἐλήλυθας;

{NE.}

> ὦ παῖ Ποίαντος, ἐξερῶ, μόλις δ᾽ ἐρῶ,
> 330 ἄγωγ᾽ ὑπ᾽ αὐτῶν ἐξελωβήθην μολών.
> ἐπεὶ γὰρ ἔσχε μοῖρ᾽ Ἀχιλλέα θανεῖν –

{ΦΙ.}

> οἴμοι· φράσῃς μοι μὴ πέρα, πρὶν ἂν μάθω
> πρῶτον τόδ᾽· ἦ τέθνηχ᾽ ὁ Πηλέως γόνος;

CORO

    Parece-me que símil aos recém-chegados
hóspedes apiedo-me de ti, filho de Peante.

NEOPTÓLEMO

    Eu mesmo sou testemunha de tuas palavras,
320   sei que são verdadeiras porque encontrei os
varões vis Atridas e a violência de Odisseu.

FILOCTETES

    Tu também tens contra os funestos Atridas
queixa por ter sofrido tanto que enfureça?

NEOPTÓLEMO

    Possa um dia aplacar o furor com o braço,
325   para que Micenas e Esparta saibam que
também Ciro foi mãe de valentes varões!

FILOCTETES

    Muito bem, filho! Por que vieste assim
com a queixa de grande ódio contra eles?

NEOPTÓLEMO

    Filho de Peante, tudo direi, a custo direi
330   como fui por aqueles varões enxovalhado.
Quando Parte teve que Aquiles morresse...

FILOCTETES

    Não me fales nada mais antes que saiba
primeiro se está morto o filho de Peleu!

{NE.}

τέθνηκεν, ἀνδρὸς οὐδενός, θεοῦ δ᾽ ὕπο,
335   τοξευτός, ὡς λέγουσιν, ἐκ Φοίβου δαμείς.

{ΦΙ.}

ἀλλ᾽ εὐγενὴς μὲν ὁ κτανών τε χὠ θανών.
ἀμηχανῶ δὲ πότερον, ὦ τέκνον, τὸ σὸν
πάθημ᾽ ἐλέγχω πρῶτον, ἢ κεῖνον στένω.

{NE.}

οἶμαι μὲν ἀρκεῖν σοί γε καὶ τὰ σ᾽, ὦ τάλας,
340   ἀλγήμαθ᾽, ὥστε μὴ τὰ τῶν πέλας στένειν.

{ΦΙ.}

ὀρθῶς ἔλεξας. τοιγαροῦν τὸ σὸν φράσον
αὖθις πάλιν μοι πρᾶγμ᾽, ὅτῳ σ᾽ ἐνύβρισαν.

{NE.}

ἦλθόν με νηὶ ποικιλοστόλῳ μέτα
δῖός τ᾽ Ὀδυσσεὺς χὠ τροφεὺς τοὐμοῦ πατρός,
345   λέγοντες, εἴτ᾽ ἀληθὲς εἴτ᾽ ἄρ᾽ οὖν μάτην,
ὡς οὐ θέμις γίγνοιτ᾽, ἐπεὶ κατέφθιτο
πατὴρ ἐμός, τὰ πέργαμ᾽ ἄλλον ἢ ᾽μ᾽ ἑλεῖν.
ταῦτ᾽, ὦ ξέν᾽, οὕτως ἐννέποντες οὐ πολὺν
χρόνον μ᾽ ἐπέσχον μή με ναυστολεῖν ταχύ,
350   μάλιστα μὲν δὴ τοῦ θανόντος ἱμέρῳ,
ὅπως ἴδοιμ᾽ ἄθαπτον· οὐ γὰρ εἰδόμην·
ἔπειτα μέντοι χὠ λόγος καλὸς προσῆν,
εἰ τἀπὶ Τροίᾳ πέργαμ᾽ αἱρήσοιμ᾽ ἰών.
ἦν δ᾽ ἦμαρ ἤδη δεύτερον πλέοντί μοι,
355   κἀγὼ πικρὸν Σίγειον οὐρίῳ πλάτῃ
κατηγόμην· καί μ᾽ εὐθὺς ἐν κύκλῳ στρατὸς
ἐκβάντα πᾶς ἠσπάζετ᾽, ὀμνύντες βλέπειν

70

NEOPTÓLEMO

Está morto, não por varão, mas por Deus
335   arqueiro, como dizem, vencido por Febo.

FILOCTETES

Mas são bem-natos o matador e o morto.
Não sei, filho, se devo indagar primeiro
os teus males ou se devo prantear aquele.

NEOPTÓLEMO

Creio que te bastem, ó sofredor, as tuas
340   dores, de modo a não pranteares alheias.

FILOCTETES

Dizes bem! Portanto, conta-me de novo
outra vez a situação em que te ultrajaram.

NEOPTÓLEMO

Um dia me vieram em ataviado navio
divino Odisseu e preceptor de meu pai
345   dizendo, fosse verdade ou em vão, que
não seria lícito, uma vez morto o meu
pai, outro senão eu conquistar Pérgamo.
Com tais falas, forasteiro, não muito
tempo me retiveram de navegar rápido,
350   máxime pelo atrativo do morto, para
vê-lo insepulto, pois não o conhecia,
além disso ainda havia a bela palavra
de que conquistaria Pérgamo de Troia.
No segundo dia de minha navegação
355   com favorável vento ao amargo Sigeu
aportei, logo ao meu redor a tropa toda
saudava-me ao apear, jurando que via

τὸν οὐκέτ' ὄντα ζῶντ' Ἀχιλλέα πάλιν.
κεῖνος μὲν οὖν ἔκειτ'· ἐγὼ δ' ὁ δύσμορος,
360 ἐπεὶ 'δάκρυσα κεῖνον, οὐ μακρῷ χρόνῳ
ἐλθὼν Ἀτρείδας προσφιλῶς, ὡς εἰκὸς ἦν,
τά θ' ὅπλ' ἀπήτουν τοῦ πατρὸς τά τ' ἄλλ' ὅσ' ἦν.
οἱ δ' εἶπον, οἴμοι, τλημονέστατον λόγον,
"ὦ σπέρμ' Ἀχιλλέως, τἆλλα μὲν πάρεστί σοι
365 πατρῷ' ἑλέσθαι, τῶν δ' ὅπλων κείνων ἀνὴρ
ἄλλος κρατύνει νῦν, ὁ Λαέρτου γόνος."
κἀγὼ 'κδακρύσας εὐθὺς ἐξανίσταμαι
ὀργῇ βαρείᾳ, καὶ καταλγήσας λέγω,
"ὦ σχέτλι', ἦ 'τολμήσατ' ἀντ' ἐμοῦ τινι
370 δοῦναι τὰ τεύχη τἀμά, πρὶν μαθεῖν ἐμοῦ;"
ὁ δ' εἶπ' Ὀδυσσεύς, πλησίον γὰρ ὢν κυρεῖ,
"ναί, παῖ, δεδώκασ' ἐνδίκως οὗτοι τάδε·
ἐγὼ γὰρ αὔτ' ἔσωσα κἀκεῖνον παρών."
κἀγὼ χολωθεὶς εὐθὺς ἤρασσον κακοῖς
375 τοῖς πᾶσιν, οὐδὲν ἐνδεὲς ποιούμενος,
εἰ τἀμὰ κεῖνος ὅπλ' ἀφαιρήσοιτό με.
ὁ δ' ἐνθάδ' ἥκων, καίπερ οὐ δύσοργος ὤν,
δηχθεὶς πρὸς ἀξήκουσεν ὧδ' ἠμείψατο·
"οὐκ ἦσθ' ἵν' ἡμεῖς, ἀλλ' ἀπῆσθ' ἵν' οὔ σ' ἔδει.
380 καὶ ταῦτ', ἐπειδὴ καὶ λέγεις θρασυστομῶν,
οὐ μή ποτ' ἐς τὴν Σκῦρον ἐκπλεύσῃς ἔχων."
τοιαῦτ' ἀκούσας κἀξονειδισθεὶς κακὰ
πλέω πρὸς οἴκους, τῶν ἐμῶν τητώμενος
πρὸς τοῦ κακίστου κἀκ κακῶν Ὀδυσσέως.
385 [κοὐκ αἰτιῶμαι κεῖνον ὡς τοὺς ἐν τέλει·
πόλις γὰρ ἔστι πᾶσα τῶν ἡγουμένων
στρατός τε σύμπας· οἱ δ' ἀκοσμοῦντες βροτῶν
διδασκάλων λόγοισι γίγνονται κακοί.]
λόγος λέλεκται πᾶς· ὁ δ' Ἀτρείδας στυγῶν
390 ἐμοί θ' ὁμοίως καὶ θεοῖς εἴη φίλος.

o não mais vivo Aquiles vivo outra vez.
Ele, sim, jazia. Eu em minha má sorte
360   não muito tempo depois de pranteá-lo
fui aos Atridas amigo como convinha
e pedi as armas e o mais de meu pai.
Eles disseram, *oímoi*, insolente palavra
"Ó filho de Aquiles, os demais bens
365   paternos podes levar, mas suas armas
outro varão as tem, o filho de Laertes."
Eu de súbito em pranto me levantei
com árdua ira e tomado de dor disse
"Ó miserável, ousastes dar a alguém
370   as minhas armas antes de me ouvir?"
Disse Odisseu, encontrando-se perto
"Sim, filho, com justiça eles as deram,
pois eu presente as recuperei e a ele."
Eu de súbito em fúria o ataquei com
375   todos os insultos sem omitir nenhum,
se as minhas armas ele me roubaria.
Ele aqui, embora não fosse irascível,
picado pelo que ouvira, respondeu
"Não estavas onde nós, mas ausente,
380   onde não devias, e ainda que fales
com audácia, não as levarás a Ciro!"
Tais injúrias tendo ouvido e sofrido
navego para casa, privado do meu
por vilíssimo e filho de vis Odisseu.
385   Mas não o inculpo como aos chefes,
pois a urbe é toda de seus dirigentes,
e a tropa toda; e os mortais infratores
tornam-se vis pelas lições dos mestres.
Está completo o relato. Seja-me caro
390   e aos Deuses quem abomine os Atridas!

ΦΙΛΟΚΤΗΤΗΣ

{ΧΟ.}

{STR.}   ὀρεστέρα παμβῶτι Γᾶ,
       μᾶτερ αὐτοῦ Διός,
       ἃ τὸν μέγαν Πακτωλὸν εὔχρυσον νέμεις,
395 σὲ κἀκεῖ, μᾶτερ πότνι', ἐπηυδώμαν,
       ὅτ' ἐς τόνδ' Ἀτρειδᾶν
       ὕβρις πᾶσ' ἐχώρει,
       ὅτε τὰ πάτρια τεύχεα παρεδίδοσαν,
400 ἰὼ μάκαιρα ταυροκτόνων
       λεόντων ἔφεδρε, τῷ Λαρτίου,
       σέβας ὑπέρτατον.

{ΦΙ.}

       ἔχοντες, ὡς ἔοικε, σύμβολον σαφὲς
       λύπης πρὸς ἡμᾶς, ὦ ξένοι, πεπλεύκατε,
405 καί μοι προσᾴδεθ' ὥστε γιγνώσκειν ὅτι
       ταῦτ' ἐξ Ἀτρειδῶν ἔργα κἀξ Ὀδυσσέως.
       ἔξοιδα γάρ νιν παντὸς ἂν λόγου κακοῦ
       γλώσσῃ θιγόντα καὶ πανουργίας, ἀφ' ἧς
       μηδὲν δίκαιον ἐς τέλος μέλλοι ποεῖν.
410 ἀλλ' οὔ τι τοῦτο θαῦμ' ἔμοιγ', ἀλλ' εἰ παρὼν
       Αἴας ὁ μείζων ταῦθ' ὁρῶν ἠνείχετο.

{ΝΕ.}

       οὐκ ἦν ἔτι ζῶν, ὦ ξέν'· οὐ γὰρ ἄν ποτε
       ζῶντός γ' ἐκείνου ταῦτ' ἐσυλήθην ἐγώ.

{ΦΙ.}

       πῶς εἶπας; ἀλλ' ἦ χοὖτος οἴχεται θανών;

{ΝΕ.}
415 ὡς μηκέτ' ὄντα κεῖνον ἐν φάει νόει.

CORO

EST.   Montesa Terra nutriz de todos,
mãe de Zeus mesmo,
que tens o grande Pactolo aurífero,

395   a ti lá, soberana mãe, te invocava,
quando avançava contra este
toda a agressão dos Atridas
ao darem as armas paternas

400   (*iò* venturosa em taurívoros
leões sentada!) ao filho de Laertes
a suprema reverência!

FILOCTETES

Parece que com senha clara
de dor para mim navegastes

405   e cantais como eu reconheça
os atos de Atridas e Odisseu.
Sei que na língua teria toda
palavra vil e vileza com que
afinal não faria nada justo.

410   Isso não me admira, mas se Ájax
maior suportou presente ver isso.

NEOPTÓLEMO

Ele não mais vivia, forasteiro; se
vivesse, não me roubariam assim.

FILOCTETES

Que dizes? Também ele faleceu?

NEOPTÓLEMO

415   Sabe que ele não mais vive à luz.

{ΦΙ.}

οἴμοι τάλας. ἀλλ' οὐχ ὁ Τυδέως γόνος,
οὐδ' οὕμπολητὸς Σισύφου Λαερτίῳ,
οὐ μὴ θάνωσι· τούσδε γὰρ μὴ ζῆν ἔδει.

{ΝΕ.}

οὐ δῆτ'· ἐπίστω τοῦτό γ'· ἀλλὰ καὶ μέγα
420   θάλλοντές εἰσι νῦν ἐν Ἀργείων στρατῷ.

{ΦΙ.}

<φεῦ·> τί δ'; ὁ παλαιὸς κἀγαθὸς φίλος τ' ἐμός,
Νέστωρ ὁ Πύλιος, ἔστιν; οὗτος γὰρ τάχ' ἂν
κείνων κάκ' ἐξήρυκε, βουλεύων σοφά.

{ΝΕ.}

κεῖνός γε πράσσει νῦν κακῶς, ἐπεὶ θανὼν
425   Ἀντίλοχος αὐτῷ φροῦδος ὃς παρῆν γόνος.

{ΦΙ.}

οἴμοι, δύ' αὖ τώδ' ἄνδρ' ἔλεξας, οἷν ἐγὼ
ἥκιστ' ἂν ἠθέλησ' ὀλωλότοιν κλύειν.
φεῦ φεῦ· τί δῆτα δεῖ σκοπεῖν, ὅθ' οἵδε μὲν
τεθνᾶσ', Ὀδυσσεὺς δ' ἔστιν αὖ κἀνταῦθ' ἵνα
430   χρῆν ἀντὶ τούτων αὐτὸν αὐδᾶσθαι νεκρόν;

{ΝΕ.}

σοφὸς παλαιστὴς κεῖνος, ἀλλὰ χαἱ σοφαὶ
γνῶμαι, Φιλοκτῆτ', ἐμποδίζονται θαμά.

{ΦΙ.}

φέρ' εἰπὲ πρὸς θεῶν, ποῦ γὰρ ἦν ἐνταῦθά σοι
Πάτροκλος, ὃς σοῦ πατρὸς ἦν τὰ φίλτατα;

FILOCTETES

Oímoi mísero! O filho de Tideu
e o de Sísifo, vendido a Laércio,
não morrem! Não deviam viver!

NEOPTÓLEMO

Não mesmo! Sabe disto! Mas eles
420   estão florescentes na tropa argiva.

FILOCTETES

Pheû! E o meu caro velho e bom
Nestor de Pilo, vive? Ele talvez
os tirasse de males ao opinar bem.

NEOPTÓLEMO

Ele agora está mal, porque morto
425   se foi Antíloco, que era seu filho.

FILOCTETES

Oímoi! Falaste de varões de que eu
menos queria ouvir que estão mortos.
Pheû pheû! Que devo esperar se estes
estão mortos, mas Odisseu está lá
430   quando em vez deles devia estar morto?

NEOPTÓLEMO

Ele é hábil lutador, mas muitas vezes,
Filoctetes, hábeis mentes se estorvam.

FILOCTETES

Dize-me, por Deuses, onde lá estava
Pátroclo, o mais próximo de teu pai?

{NE.}

435 χοὖτος τεθνηκὼς ἦν· λόγῳ δέ σ’ <ἐν> βραχεῖ
τοῦτ’ ἐκδιδάξω· πόλεμος οὐδέν’ ἄνδρ’ ἑκὼν
αἱρεῖ πονηρόν, ἀλλὰ τοὺς χρηστοὺς ἀεί.

{ΦΙ.}

ξυμμαρτυρῶ σοι· καὶ κατ’ αὐτὸ τοῦτό γε
ἀναξίου μὲν φωτὸς ἐξερήσομαι,
440 γλώσσῃ δὲ δεινοῦ καὶ σοφοῦ, τί νῦν κυρεῖ.

{NE.}

ποίου δὲ τούτου πλήν γ’ Ὀδυσσέως ἐρεῖς;

{ΦΙ.}

οὐ τοῦτον εἶπον, ἀλλὰ Θερσίτης τις ἦν,
ὃς οὐκ ἂν εἵλετ’ εἰσάπαξ εἰπεῖν, ὅπου
μηδεὶς ἐῴη· τοῦτον οἶσθ’ εἰ ζῶν κυρεῖ;

{NE.}

445 οὐκ εἶδον αὐτός, ᾐσθόμην δ’ ἔτ’ ὄντα νιν.

{ΦΙ.}

ἔμελλ’· ἐπεὶ οὐδέν πω κακόν γ’ ἀπώλετο,
ἀλλ’ εὖ περιστέλλουσιν αὐτὰ δαίμονες,
καί πως τὰ μὲν πανοῦργα καὶ παλιντριβῆ
χαίρουσ’ ἀναστρέφοντες ἐξ Ἅιδου, τὰ δὲ
450 δίκαια καὶ τὰ χρήστ’ ἀποστέλλουσ’ ἀεί.
ποῦ χρὴ τίθεσθαι ταῦτα, ποῦ δ’ αἰνεῖν, ὅταν
τὰ θεῖ’ ἐπαινῶν τοὺς θεοὺς εὕρω κακούς;

{NE.}

ἐγὼ μέν, ὦ γένεθλον Οἰταίου πατρός,
τὸ λοιπὸν ἤδη τηλόθεν τό τ’ Ἴλιον

78

NEOPTÓLEMO

435 Ele também estava morto. Em resumo
te digo a guerra em si não mata varão
sem valor, mas sempre mata valorosos.

FILOCTETES

Confirmo tuas palavras. Por isso mesmo
eu te indagarei sobre varão sem valor,
440 de língua hábil e terrível, como está ele?

NEOPTÓLEMO

De quem indagarás senão de Odisseu?

FILOCTETES

Não esse, mas havia um certo Tersites
que não escolheria falar só uma vez
se ninguém o permitisse, sabes se vive?

NEOPTÓLEMO

445 Não o vi, mas ouvi que ele ainda vivia.

FILOCTETES

Pois é, porque ninguém mau morreu,
mas Numes cuidadosos os preservam
e talvez se comprazam em devolver
dos ínferos os perversos e os velhacos
450 mas repelem sempre os justos e nobres.
Que pensar disso? Como louvá-los se
investigando o divino vejo Deuses vis?

NEOPTÓLEMO

Eu, ó geração de pai nascido em Eta,
já doravante olhando desde bem longe

ΦΙΛΟΚΤΗΤΗΣ

455 καὶ τοὺς Ἀτρείδας εἰσορῶν φυλάξομαι
ὅπου θ' ὁ χείρων τἀγαθοῦ μεῖζον σθένει
κἀποφθίνει τὰ χρηστὰ χὠ δειλὸς κρατεῖ,
τούτους ἐγὼ τοὺς ἄνδρας οὐ στέρξω ποτέ·
ἀλλ' ἡ πετραία Σκῦρος ἐξαρκοῦσά μοι
460 ἔσται τὸ λοιπόν, ὥστε τέρπεσθαι δόμῳ.
νῦν δ' εἶμι πρὸς ναῦν. καὶ σύ, Ποίαντος τέκνον,
χαῖρ' ὡς μέγιστα, χαῖρε· καί σε δαίμονες
νόσου μεταστήσειαν, ὡς αὐτὸς θέλεις.
ἡμεῖς δ' ἴωμεν, ὡς ὁπηνίκ' ἂν θεὸς
465 πλοῦν ἡμὶν εἴκῃ, τηνικαῦθ' ὁρμώμεθα.

{ΦΙ.}

ἤδη, τέκνον, στέλλεσθε;

{ΝΕ.}

καιρὸς γὰρ καλεῖ
πλοῦν μὴ 'ξ ἀπόπτου μᾶλλον ἢ 'γγύθεν σκοπεῖν.

{ΦΙ.}

πρός νύν σε πατρός, πρός τε μητρός, ὦ τέκνον,
πρός τ' εἴ τί σοι κατ' οἶκόν ἐστι προσφιλές,
470 ἱκέτης ἱκνοῦμαι, μὴ λίπῃς μ' οὕτω μόνον,
ἐρῆμον ἐν κακοῖσι τοῖσδ' οἵοις ὁρᾷς
ὅσοισί τ' ἐξήκουσας ἐνναίοντά με·
ἀλλ' ἐν παρέργῳ θοῦ με. δυσχέρεια μέν,
ἔξοιδα, πολλὴ τοῦδε τοῦ φορήματος·
475 ὅμως δὲ τλῆθι· τοῖσι γενναίοισί τοι
τό τ' αἰσχρὸν ἐχθρὸν καὶ τὸ χρηστὸν εὐκλεές.
σοὶ δ', ἐκλιπόντι τοῦτ', ὄνειδος οὐ καλόν,
δράσαντι δ', ὦ παῖ, πλεῖστον εὐκλείας γέρας,
ἐὰν μόλω 'γὼ ζῶν πρὸς Οἰταίαν χθόνα.
480 ἴθ'· ἡμέρας τοι μόχθος οὐχ ὅλης μιᾶς.

80

455 Ílion e os Atridas, manterei vigilância.
Onde o pior tem mais força que o bom,
o valor perece e o perverso predomina.
Por esses varões eu nunca terei apreço,
mas a rupestre Ciro me será o bastante
460 no porvir de modo a ter prazer em casa.
Agora irei ao navio. Tu, filho de Peante,
salve, o mais possível, salve! Os Numes
te livrem do mal como tu mesmo queres!
Vamos nós para que, tão pronto o Deus
465 nos conceda a navegação, nós zarpemos.

FILOCTETES
Já vades, filho?

NEOPTÓLEMO
A ocasião nos convida
a ver não mais longe do que perto a nave.

FILOCTETES
Por teu pai e por tua mãe, ó filho,
por que tens em casa como próximo,
470 eu súplice te suplico, não me deixes
tão a sós ermo nos males que vês
e quantos ouviste que me habitam,
mas faz-me sobrecarga. Grande, sim,
bem sei, a dificuldade do transporte,
475 suporta-o, contudo! Para os nobres,
vexame é odioso, préstimo é glória.
Tens, se omites, opróbrio não belo,
mas se o fazes, filho, máxima glória,
se retorno com vida ao solo de Eta.
480 Vai, a faina não é de um dia todo!

τόλμησον, ἐμβαλοῦ μ᾽ ὅποι θέλεις ἄγων,
ἐς ἀντλίαν, ἐς πρῷραν, ἐς πρύμναν†, ὅπου
ἥκιστα μέλλω τοὺς ξυνόντας ἀλγυνεῖν.
νεῦσον, πρὸς αὐτοῦ Ζηνὸς ἱκεσίου, τέκνον,
485 πείσθητι. προσπίτνω σε γόνασι, καίπερ ὢν
ἀκράτωρ ὁ τλήμων, χωλός. ἀλλὰ μή μ᾽ ἀφῇς
ἐρῆμον οὕτω χωρὶς ἀνθρώπων στίβου,
ἀλλ᾽ ἢ πρὸς οἶκον τὸν σὸν ἔκσωσόν μ᾽ ἄγων,
ἢ πρὸς τὰ Χαλκώδοντος Εὐβοίας σταθμά·
490 κἀκεῖθεν οὔ μοι μακρὸς εἰς Οἴτην στόλος
Τραχινίαν τε δεράδα ἢ τὸν εὔροον
Σπερχειὸν ἔσται, πατρί μ᾽ ὡς δείξῃς φίλῳ,
ὃν δὴ παλαιὸν ἐξότου δέδοικ᾽ ἐγὼ
μή μοι βεβήκῃ. πολλὰ γὰρ τοῖς ἱγμένοις
495 στελλον αὐτὸν ἱκεσίους πέμπων λιτάς,
αὐτόστολον πλεύσαντά μ᾽ ἐκσῶσαι δόμους.
ἀλλ᾽ ἢ τέθνηκεν, ἢ τὰ τῶν διακόνων,
ὡς εἰκός, οἶμαι, τοὐμὸν ἐν σμικρῷ μέρος
ποιούμενοι τὸν οἴκαδ᾽ ἤπειγον στόλον.
500 νῦν δ᾽, ἐς σὲ γὰρ πομπόν τε καὐτὸν ἄγγελον
ἥκω, σὺ σῶσον, σύ μ᾽ ἐλέησον, εἰσορῶν
ὡς πάντα δεινὰ κἀπικινδύνως βροτοῖς
κεῖται παθεῖν μὲν εὖ, παθεῖν δὲ θάτερα.
[χρὴ δ᾽ ἐκτὸς ὄντα πημάτων τὰ δείν᾽ ὁρᾶν,
505 χὤταν τις εὖ ζῇ, τηνικαῦτα τὸν βίον 5
σκοπεῖν μάλιστα μὴ διαφθαρεὶς λάθῃ.]

{ΧΟ.}
{ΑΝΤ.} οἴκτιρ᾽, ἄναξ· πολλῶν ἔλε-
ξεν δυσοίστων πόνων
ἆθλ᾽, οἷα μηδεὶς τῶν ἐμῶν τύχοι φίλων.
510 εἰ δὲ πικρούς, ἄναξ, ἔχθεις Ἀτρείδας,
ἐγὼ μέν, τὸ κείνων

Atreve-te! Põe-me onde quiseres, se
me levas, no porão, na proa, na popa,
onde eu menos afligisse a convivência.
Anui! Por Zeus súplice mesmo, filho,
485   persuade-te! Prostro-me a teus joelhos,
impotente, mísero e manco, mas não
me deixes ermo sem a senda humana!
Salva-me tu, levando-me à tua pátria
ou ao teto de Calcodonte de Eubeia,
490   de lá não terei longa viagem ao Eta,
à cordilheira traquínia e ao belo rio
Espérquio para me mostrares ao pai,
que há muito tempo temo já se tenha
ido. Muitas vezes mediante visitantes
495   eu lhe rogava com suplicantes preces
vir em seu navio e salvar-me para casa.
Ou está morto, ou meus mensageiros,
ao que parece, deram-me importância
pouca e apressaram a ida para a pátria.
500   Agora perante ti, escolta e mensageiro,
estou, salva-me tu, apieda-te, por ver
os mortais terem todos os terrores e riscos
de ora estar bem, ora estar de outro modo.
Fora de males devem ser vistos os terrores,
505   e quando se vive bem, então sobretudo ver
como a vida não seja perdida sem perceber.

CORO

Apieda-te, senhor! Das provações
de muitas insuportáveis dores
falou. Não as tenha ninguém dos meus!
510   Se odeias, senhor, os amargos Atridas,
eu ao malfeito daqueles

κακὸν τῷδε κέρδος
515 μέγα τιθέμενος, ἔνθαπερ ἐπιμέμονεν,
ἐπ᾽ εὐστόλου ταχείας νεὼς
πορεύσαιμ᾽ ἂν ἐς δόμους, τὰν ἐκ θεῶν
νέμεσιν ἐκφυγών.

{ΝΕ.}

ὅρα σὺ μὴ νῦν μέν τις εὐχερὴς παρῇς,
520 ὅταν δὲ πλησθῇς τῆς νόσου ξυνουσίᾳ,
τότ᾽ οὐκέθ᾽ αὑτὸς τοῖς λόγοις τούτοις φανῇς.

{ΧΟ.}

ἥκιστα· τοῦτ᾽ οὐκ ἔσθ᾽ ὅπως ποτ᾽ εἰς ἐμὲ
τοὔνειδος ἕξεις ἐνδίκως ὀνειδίσαι.

{ΝΕ.}

ἀλλ᾽ αἰσχρὰ μέντοι σοῦ γέ μ᾽ ἐνδεέστερον
525 ξένῳ φανῆναι πρὸς τὸ καίριον πονεῖν.
ἀλλ᾽ εἰ δοκεῖ, πλέωμεν, ὁρμάσθω ταχύς·
χἠ ναῦς γὰρ ἄξει κοὐκ ἀπαρνηθήσεται.
μόνον θεοὶ σῴζοιεν ἔκ τε τῆσδε γῆς
ἡμᾶς ὅποι τ᾽ ἐνθένδε βουλοίμεσθα πλεῖν.

{ΦΙ.}

530 ὦ φίλτατον μὲν ἦμαρ, ἥδιστος δ᾽ ἀνήρ,
φίλοι δὲ ναῦται, πῶς ἂν ὑμὶν ἐμφανὴς
ἔργῳ γενοίμην, ὥς μ᾽ ἔθεσθε προσφιλῆ.
ἴωμεν, ὦ παῖ, προσκύσαντε τὴν ἔσω
ἄοικον ἐξοίκησιν, ὥς με καὶ μάθῃς
535 ἀφ᾽ ὧν διέζων, ὥς τ᾽ ἔφυν εὐκάρδιος.
οἶμαι γὰρ οὐδ᾽ ἂν ὄμμασιν μόνον θέαν
ἄλλον λαβόντα πλὴν ἐμοῦ τλῆναι τάδε·
ἐγὼ δ᾽ ἀνάγκῃ προὔμαθον στέργειν κακά.

qual grande ganho deste
515 faria e para onde ele quer
no ágil rápido navio
escoltaria para evitar
a retribuição dos Deuses.

NEOPTÓLEMO
Vê que agora não estejas prestativo,
520 mas saciado do convívio do distúrbio,
não te mostres mais o mesmo ao falar.

CORO
Nunca, não há como possas um dia
com justiça afrontar-me essa afronta.

NEOPTÓLEMO
Seria infame mostrar-me ao forasteiro
525 inferior a ti no empenho em seu favor.
Se assim, naveguemos! Ande ligeiro,
pois o navio conduzirá e não negará.
Queiram os Deuses nos salvar desta
terra para onde desejamos navegar!

FILOCTETES
530 Ó caríssimo dia, dulcíssimo varão,
caros marinheiros, como vos seria
claro em ato que me fizestes vosso?
Vamos, ó filho, depois de saudarmos
a não-morada moradia para que saibas
535 de que vivia e que forte coração tive.
Creio que ninguém mais senão eu
ao só ver de relance suportaria isto,
eu aprendi sob coerção aturar males.

85

{XO.}

540
ἐπίσχετον, σταθῶμεν· ἄνδρε γὰρ δύο,
ὁ μὲν νεὼς σῆς ναυβάτης, ὁ δ᾽ ἀλλόθρους,
χωρεῖτον, ὧν μαθόντες αὖθις εἴσιτον.

{ΕΜΠΟΡΟΣ}

545

550

555
Ἀχιλλέως παῖ, τόνδε τὸν ξυνέμπορον,
ὃς ἦν νεὼς σῆς σὺν δυοῖν ἄλλοιν φύλαξ,
ἐκέλευσ᾽ ἐμοί σε ποῦ κυρῶν εἴης φράσαι,
ἐπείπερ ἀντέκυρσα, δοξάζων μὲν οὔ,
τύχῃ δέ πως πρὸς ταὐτὸν ὁρμισθεὶς πέδου.
πλέω γὰρ ὡς ναύκληρος οὐ πολλῷ στόλῳ
ἀπ᾽ Ἰλίου πρὸς οἶκον ἐς τὴν εὔβοτρυν
Πεπάρηθον, ὡς <δ᾽> ἤκουσα τοὺς ναύτας ὅτι
σοὶ πάντες εἶεν συννεναυστοληκότες,
ἔδοξέ μοι μὴ σῖγα, πρὶν φράσαιμί σοι,
τὸν πλοῦν ποεῖσθαι, προστυχόντι τῶν ἴσων.
οὐδὲν σύ που κάτοισθα τῶν σαυτοῦ πέρι,
ἃ τοῖσιν Ἀργείοισιν ἀμφὶ σοῦ νέα
βουλεύματ᾽ ἐστί, κοὐ μόνον βουλεύματα,
ἀλλ᾽ ἔργα δρώμεν᾽, οὐκέτ᾽ ἐξαργούμενα.

{ΝΕ.}

560
ἀλλ᾽ ἡ χάρις μὲν τῆς προμηθίας, ξένε,
εἰ μὴ κακὸς πέφυκα, προσφιλὴς μενεῖ·
φράσον δὲ τἄργ᾽ ἄλεξας, ὡς μάθω τί μοι
νεώτερον βούλευμ᾽ ἀπ᾽ Ἀργείων ἔχεις.

{ΕΜ.}

φροῦδοι διώκοντές σε ναυτικῷ στόλῳ
Φοῖνιξ θ᾽ ὁ πρέσβυς οἵ τε Θησέως κόροι.

CORO

Detende-vos! Paremos! Dois varões,
540 um de teu navio, o outro estrangeiro,
estão vindo, vamos depois de ouvi-los.

MERCADOR

Ó filho de Aquiles, a este parceiro
vigiando teu navio com outros dois
pedi me dizer onde te encontrarias
545 porque sem presumir o encontrei
ao ancorar por sorte na mesma orla.
Navego por profissão com poucos
de Ílion para casa na rica em vinhas
Pepareto, e ao ouvir que os marujos
550 todos eram os embarcados contigo
decidi navegar mas não em silêncio
antes de te falar e lograr algo igual.
Não sabes talvez do que te concerne,
as novas decisões dos argivos a teu
555 respeito, e não somente as decisões,
mas atos feitos e não mais inativos.

NEOPTÓLEMO

A graça da providência, forasteiro,
se não nasci mau, restará amistosa.
Fala dos ditos atos para eu saber
560 que nova decisão tens dos argivos.

MERCADOR

Já partiram de navio à tua procura
o velho Fênix e os filhos de Teseu.

87

{NE.}

ὡς ἐκ βίας μ᾽ ἄξοντες ἢ λόγοις πάλιν;

{EM.}

οὐκ οἶδ᾽. ἀκούσας δ᾽ ἄγγελος πάρειμί σοι.

{NE.}

565 ἦ ταῦτα δὴ Φοῖνίξ τε χοἰ ξυνναυβάται
οὕτω καθ᾽ ὁρμὴν δρῶσιν Ἀτρειδῶν χάριν;

{EM.}

ὡς ταῦτ᾽ ἐπίστω δρώμεν᾽, οὐ μέλλοντ᾽ ἔτι.

{NE.}

πῶς οὖν Ὀδυσσεὺς πρὸς τάδ᾽ οὐκ αὐτάγγελος
πλεῖν ἦν ἑτοῖμος; ἢ φόβος τις εἶργέ νιν;

{EM.}

570 κεῖνός γ᾽ ἐπ᾽ ἄλλον ἄνδρ᾽ ὁ Τυδέως τε παῖς
ἔστελλον, ἡνίκ᾽ ἐξανηγόμην ἐγώ.

{NE.}

πρὸς ποῖον αὖ τόνδ᾽ αὐτὸς Οὐδυσσεὺς ἔπλει;

{EM.}

ἦν δή τις – ἀλλὰ τόνδε μοι πρῶτον φράσον
τίς ἐστιν· ἂν λέγῃς δὲ μὴ φώνει μέγα.

{NE.}

575 ὅδ᾽ ἔσθ᾽ ὁ κλεινός σοι Φιλοκτήτης, ξένε.

NEOPTÓLEMO

Para levar à força ou por palavras?

MERCADOR

Não sei, ouvi e sou teu mensageiro.

NEOPTÓLEMO

565 Assim Fênix e os seus marinheiros
agem prestos por causa dos Atridas?

MERCADOR

Sabe que assim agem sem vacilar.

NEOPTÓLEMO

Como Odisseu nisso não se dispôs ele
mesmo navegar? Que temor o deteve?

MERCADOR

570 Ele e o filho de Tideu, quando zarpei,
partiam em busca de um outro varão.

NEOPTÓLEMO

Quem é este a quem foi Odisseu mesmo?

MERCADOR

Era um certo, mas diz-me primeiro este
quem é. O que disseres, não digas alto.

NEOPTÓLEMO

575 Eis ante ti o ínclito Filoctetes, forasteiro!

{ΕΜ.}

μή νύν μ᾽ ἔρῃ τὰ πλείον᾽, ἀλλ᾽ ὅσον τάχος
ἔκπλει σεαυτὸν ξυλλαβὼν ἐκ τῆσδε γῆς.

{ΦΙ.}

τί φησιν, ὦ παῖ; τί δὲ κατὰ σκότον ποτὲ
διεμπολᾷ λόγοισι πρός σ᾽ ὁ ναυβάτης;

{ΝΕ.}

580   οὐκ οἶδά πω τί φησι· δεῖ δ᾽ αὐτὸν λέγειν
ἐς φῶς ὃ λέξει, πρὸς σὲ κἀμὲ τούσδε τε.

{ΕΜ.}

ὦ σπέρμ᾽ Ἀχιλλέως, μή με διαβάλῃς στρατῷ
λέγονθ᾽ ἃ μὴ δεῖ· πόλλ᾽ ἐγὼ κείνων ὕπο
δρῶν ἀντιπάσχω χρηστά θ᾽, οἷ᾽ ἀνὴρ πένης.

{ΝΕ.}

585   ἐγὼ μὲν αὐτοῖς δυσμενής· οὗτος δέ μοι
φίλος μέγιστος, οὕνεκ᾽ Ἀτρείδας στυγεῖ.
δεῖ δή σ᾽, ἔμοιγ᾽ ἐλθόντα προσφιλῆ, λόγων
κρύψαι πρὸς ἡμᾶς μηδὲν ὧν ἀκήκοας.

{ΕΜ.}

ὅρα τί ποιεῖς, παῖ.

{ΝΕ.}

σκοπῶ κἀγὼ πάλαι.

{ΕΜ.}

590   σὲ θήσομαι τῶνδ᾽ αἴτιον.

MERCADOR

Não me indagues mais, mas zarpa desta
terra o mais rápido, levando-te contigo!

FILOCTETES

Que dizes, filho? O que nas trevas afinal
o marinheiro com palavras trafica contigo?

NEOPTÓLEMO

580   Não sei o que diz, deve ele mesmo dizer
claro o que dirá para ti, para mim e estes.

MERCADOR

Ó filho de Aquiles, não me indisponhas
com a tropa por dizer o indevido. Deles
recebi muitos bens por agir como pobre.

NEOPTÓLEMO

585   Eu sou inimigo dos Atridas, e este é meu
maior amigo, porque abomina os Atridas.
Não deves, se amigo me vens, ante nós
ocultar nenhuma palavra do que ouviste.

MERCADOR

Vê o que fazes, filho!

NEOPTÓLEMO

Há muito eu vejo.

MERCADOR

590   Far-te-ei a causa disto.

{NE.}

ποιοῦ λέγων.

{EM.}

λέγω. 'πὶ τοῦτον ἄνδρε τώδ' ὥπερ κλύεις,
ὁ Τυδέως παῖς ἤ τ' Ὀδυσσέως βία,
διώμοτοι πλέουσιν ἦ μὴν ἦ λόγῳ
πείσαντες ἄξειν, ἢ πρὸς ἰσχύος κράτος.
595 καὶ ταῦτ' Ἀχαιοὶ πάντες ἤκουον σαφῶς
Ὀδυσσέως λέγοντος· οὗτος γὰρ πλέον
τὸ θάρσος εἶχε θἀτέρου δράσειν τάδε.

{NE.}

τίνος δ' Ἀτρεῖδαι τοῦδ' ἄγαν οὕτω χρόνῳ
τοσῷδ' ἐπεστρέφοντο πράγματος χάριν,
600 ὅν γ' εἶχον ἤδη χρόνιον ἐκβεβληκότες;
τίς ὁ πόθος αὐτοὺς ἵκετ'; ἦ θεῶν βία
καὶ νέμεσις, αἵπερ ἔργ' ἀμύνουσιν κακά;

{EM.}

ἐγὼ σὲ τοῦτ', ἴσως γὰρ οὐκ ἀκήκοας,
πᾶν ἐκδιδάξω. μάντις ἦν τις εὐγενής,
605 Πριάμου μὲν υἱός, ὄνομα δ' ὠνομάζετο
Ἕλενος, ὃν οὗτος νυκτὸς ἐξελθὼν μόνος,
ὁ πάντ' ἀκούων αἰσχρὰ καὶ λωβήτ' ἔπη
δόλοις Ὀδυσσεὺς εἷλε· δέσμιόν τ' ἄγων
ἔδειξ' Ἀχαιοῖς ἐς μέσον, θήραν καλήν·
610 ὃς δὴ τά τ' ἄλλ' αὐτοῖσι πάντ' ἐθέσπισε,
καὶ τἀπὶ Τροίᾳ πέργαμ' ὡς οὐ μή ποτε
πέρσοιεν, εἰ μὴ τόνδε πείσαντες λόγῳ
ἄγοιντο νήσου τῆσδ' ἐφ' ἧς ναίει τὰ νῦν.
καὶ ταῦθ' ὅπως ἤκουσ' ὁ Λαέρτου τόκος
615 τὸν μάντιν εἰπόντ', εὐθέως ὑπέσχετο

NEOPTÓLEMO

Faz e diz de quê!

MERCADOR

Digo. A este, os dois varões que conheces,
o filho de Tideu e a violência de Odisseu,
navegam sob o juramento de o conduzirem
persuadido pela razão ou a poder de força.
595 Todos os aqueus ouviram isso com clareza
de Odisseu mesmo. Ele mais que o outro
tinha a ousadia de se propor essa missão.

NEOPTÓLEMO

Por que causa os Atridas tão veementes
após tanto tempo se voltariam para esse
600 que há muito tempo eles já tinham banido?
Que anelo os atingia? Ou violência divina
e retribuição que retribuem as ações vis?

MERCADOR

Tudo isso que talvez não tenhas ouvido
eu te explicarei. Havia um bem nato vate
605 filho de Príamo e denominado pelo nome
Heleno, a quem, ao sair a sós, Odisseu,
de quem se diz toda fala vil e injuriosa,
doloso de noite o capturou, levou preso
e no meio dos aqueus mostrou bela caça.
610 Ele entre outros vaticínios lhes vaticinou
que Pérgamo em Troia não seria pilhada
nunca, se não o persuadissem com razão
e o conduzissem da ilha que habita agora.
Tão logo o filho de Laertes ouviu o vate
615 dizer isso, prometeu conduzir este varão

τὸν ἄνδρ' Ἀχαιοῖς τόνδε δηλώσειν ἄγων·
οἴοιτο μὲν μάλισθ' ἑκούσιον λαβών,
εἰ μὴ θέλοι δ', ἄκοντα· καὶ τούτων κάρα
τέμνειν ἐφεῖτο τῷ θέλοντι μὴ τυχών.
620   ἤκουσας, ὦ παῖ, πάντα· τὸ σπεύδειν δέ σοι
καὐτῷ παραινῶ κεῖ τινος κήδῃ πέρι.

{ΦΙ.}

οἴμοι τάλας. ἦ κεῖνος, ἡ πᾶσα βλάβη,
ἔμ' εἰς Ἀχαιοὺς ὤμοσεν πείσας στελεῖν;
πεισθήσομαι γὰρ ὧδε κἀξ Ἅιδου θανὼν
625   πρὸς φῶς ἀνελθεῖν, ὥσπερ οὑκείνου πατήρ.

{ΕΜ.}

οὐκ οἶδ' ἐγὼ ταῦτ'· ἀλλ' ἐγὼ μὲν εἶμ' ἐπὶ
ναῦν, σφῷν δ' ὅπως ἄριστα συμφέροι θεός.

{ΦΙ.}

οὔκουν τάδ', ὦ παῖ, δεινά, τὸν Λαερτίου
ἔμ' ἐλπίσαι ποτ' ἂν λόγοισι μαλθακοῖς
630   δεῖξαι νεὼς ἄγοντ' ἐν Ἀργείοις μέσοις;
οὔ· θᾶσσον ἂν τῆς πλεῖστον ἐχθίστης ἐμοὶ
κλύοιμ' ἐχίδνης, ἥ μ' ἔθηκεν ὧδ' ἄπουν.
ἀλλ' ἔστ' ἐκείνῳ πάντα λεκτά, πάντα δὲ
τολμητά· καὶ νῦν οἶδ' ὁθούνεχ' ἵξεται.
635   ἀλλ', ὦ τέκνον, χωρῶμεν, ὡς ἡμᾶς πολὺ
πέλαγος ὁρίζῃ τῆς Ὀδυσσέως νεώς.
ἴωμεν· ἤ τοι καίριος σπουδὴ πόνου
λήξαντος ὕπνον κἀνάπαυλαν ἤγαγεν.

{ΝΕ.}

οὐκοῦν ἐπειδὰν πνεῦμα τοὐκ πρῴρας ἀνῇ,
640   τότε στελοῦμεν· νῦν γὰρ ἀντιοστατεῖ.

e mostrá-lo aos aqueus. Ele supunha sim
que antes o levasse com a anuência, mas
sem anuência, se não anuísse, e incumbiu
quem fosse decapitá-lo se não conseguisse.

620 Ouviste tudo, filho. Aconselho-te e a ele
prontas providências se cuidas de alguém.

FILOCTETES

Oímoi, mísero! Aquele que é perda total
jurou conduzir-me persuadido aos aqueus?
Serei assim persuadido de quando morto

625 voltar de Hades à luz tal como o pai dele.

MERCADOR

Isso eu não sei, mas eu irei para o navio
e que Deus favoreça muito bem aos dois!

FILOCTETES

Filho, não é terrível isto o filho de Laertes
esperar que um dia com palavras brandas

630 conduza de navio e mostre-me aos aqueus?
Não, antes ouviria a minha pior inimiga,
a víbora que assim me fez enfermo do pé.
Mas para ele tudo se pode dizer e tudo se
pode ousar, agora estou sabendo que virá.

635 Eia, ó filho, avancemos para que o vasto
pélago nos separe do navio de Odisseu.
Vamos! O empenho oportuno, uma vez
findo o esforço, propicia sono e repouso.

NEOPTÓLEMO

Pois quando amainar o vento da proa,

640 então zarparemos. Agora ele é adverso.

{ΦΙ.}

ἀεὶ καλὸς πλοῦς ἔσθ᾽, ὅταν φεύγῃς κακά.

{ΝΕ.}

οἶδ᾽· ἀλλὰ κἀκείνοισι ταῦτ᾽ ἐναντία.

{ΦΙ.}

οὐκ ἔστι λῃσταῖς πνεῦμ᾽ ἐναντιούμενον,
ὅταν παρῇ κλέψαι τε χἀρπάσαι βίᾳ.

{ΝΕ.}

645 ἀλλ᾽ εἰ δοκεῖ, χωρῶμεν, ἔνδοθεν λαβὼν
ὅτου σε χρεία καὶ πόθος μάλιστ᾽ ἔχει.

{ΦΙ.}

ἀλλ᾽ ἔστιν ὧν δεῖ, καίπερ οὐ πολλῶν ἄπο.

{ΝΕ.}

τί τοῦθ᾽ ὃ μὴ νεώς γε τῆς ἐμῆς ἔπι;

{ΦΙ.}

φύλλον τί μοι πάρεστιν, ᾧ μάλιστ᾽ ἀεὶ
650 κοιμῶ τόδ᾽ ἕλκος, ὥστε πραΰνειν πάνυ.

{ΝΕ.}

ἀλλ᾽ ἔκφερ᾽ αὐτό. τί γὰρ ἔτ᾽ ἄλλ᾽ ἐρᾷς λαβεῖν;

{ΦΙ.}

εἴ μοί τι τόξων τῶνδ᾽ ἀπημελημένον
παρερρύηκεν, ὡς λίπω μή τῳ λαβεῖν.

FILOCTETES

Sempre bela a viagem que evita males.

NEOPTÓLEMO

Sei, mas isto é adverso também a eles.

FILOCTETES

Para os piratas não há vento adverso
quando se pode furtar e roubar à força.

NEOPTÓLEMO

645 Se te parece, partamos, após pegares
dentro o que mais precisas e desejas.

FILOCTETES

Embora não muito, há o que preciso.

NEOPTÓLEMO

Que é isso que não há em meu navio?

FILOCTETES

Há uma folhagem com que eu sempre
650 acalmo esta chaga até amansar muito.

NEOPTÓLEMO

Traze-a! Que mais ainda queres pegar?

FILOCTETES

Se alguma flecha destas negligenciada
está dispersa, não deixe outrem pegar.

{NE.}

ἦ ταῦτα γὰρ τὰ κλεινὰ τόξ’ ἃ νῦν ἔχεις;

{ΦΙ.}

655 ταῦτ’, οὐ γὰρ ἄλλ’ ἔστ’, ἀλλ’ ἃ βαστάζω χεροῖν.

{NE.}

ἆρ’ ἔστιν ὥστε κἀγγύθεν θέαν λαβεῖν,
καὶ βαστάσαι με προσκύσαι θ’ ὥσπερ θεόν;

{ΦΙ.}

σοί γ’, ὦ τέκνον, καὶ τοῦτο κἄλλο τῶν ἐμῶν
ὁποῖον ἄν σοι ξυμφέρῃ γενήσεται.

{NE.}

660 καὶ μὴν ἐρῶ γε· τὸν δ’ ἔρωθ’ οὕτως ἔχω·
εἴ μοι θέμις, θέλοιμ’ ἄν· εἰ δὲ μή, πάρες.

{ΦΙ.}

ὅσιά τε φωνεῖς ἔστι τ’, ὦ τέκνον, θέμις,
ὅς γ’ ἡλίου τόδ’ εἰσορᾶν ἐμοὶ φάος
μόνος δέδωκας, ὃς χθόν’ Οἰταίαν ἰδεῖν,
665 ὃς πατέρα πρέσβυν, ὃς φίλους, ὃς τῶν ἐμῶν
ἐχθρῶν μ’ ἔνερθεν ὄντ’ ἀνέστησας πέρα.
θάρσει, παρέσται ταῦτά σοι καὶ θιγγάνειν
καὶ δόντι δοῦναι κἀξεπεύξασθαι βροτῶν
ἀρετῆς ἕκατι τῶνδ’ ἐπιψαῦσαι μόνῳ·
670 εὐεργετῶν γὰρ καὐτὸς αὔτ’ ἐκτησάμην.

{NE.}

οὐκ ἄχθομαί σ’ ἰδών τε καὶ λαβὼν φίλον.
ὅστις γὰρ εὖ δρᾶν εὖ παθὼν ἐπίσταται,

NEOPTÓLEMO

Essas as ínclitas flechas que agora tens?

FILOCTETES

655   Não há senão estas que seguro nas mãos.

NEOPTÓLEMO

Há como ter a contemplação de perto,
segurar e venerar tal como a um Deus?

FILOCTETES

Teu será, ó filho, não só isso mas ainda
o que mais dos meus te possa ser útil.

NEOPTÓLEMO

660   Deveras quero, assim tenho o desejo;
se lícito, gostaria; se não, deixa estar.

FILOCTETES

Falas com piedade, e é lícito, ó filho,
tu que sozinho me deste ver esta luz
do Sol, que me deste ver o solo de Eta,
665   o pai ancião e os meus e quando estava
eu sob meus inimigos tu me resgataste.
Confia, isto te é possível não só tocar
mas restituir a quem as deu e ufanar-te
único mortal que por mérito as tocou,
670   por benemerência também eu as tive.

NEOPTÓLEMO

Não me pesa te ver e ter tua amizade.
Quem beneficiado sabe beneficiar

παντὸς γένοιτ' ἂν κτήματος κρείσσων φίλος.
χωροῖς ἂν εἴσω.

{ΦΙ.}
$\qquad$ Καὶ σέ γ' εἰσάξω· τὸ γὰρ
675 νοσοῦν ποθεῖ σε ξυμπαραστάτην λαβεῖν.

seria amigo superior a todos os bens.
Podes entrar.

FILOCTETES

Eu te conduzirei, pois
675   a doença almeja por tua colaboração.

{XO.}

{STR. 1.} *Λόγῳ μὲν ἐξήκουσ', ὄπωπα δ' οὐ μάλα,*
  τὸν πελάταν
  λέκτρων <σφετέρων> ποτὲ
  κατ' ἄμπυκα δὴ δρομάδ' <Ἄιδου>
  δέσμιον ὡς ἔβαλεν
  παγκρατὴς Κρόνου παῖς·
680 *ἄλλον δ' οὔτιν' ἔγωγ' οἶδα κλύων οὐδ' ἐσιδὼν μοίρᾳ*
  τοῦδ' ἐχθίονι συντυχόντα θνατῶν,
  ὃς οὔτ' τι ῥέξας τιν', οὔτε νοσφίσας,
  ἀλλ' ἴσος ἐν ἴσοις ἀνήρ,
685 *ὤλλυθ' ὧδ' ἀναξίως.*
  τόδε <μὰν> θαῦμά μ' ἔχει,
  πῶς ποτε πῶς ποτ' ἀμφιπλήκτων
  ῥοθίων μόνος κλύων, πῶς
  ἄρα πανδάκρυτον οὕτω
690 *βιοτὰν κατέσχεν·*

{ANT. 1.} *ἵν' αὐτὸς ἦν, πρόσουρος οὐκ ἔχων βάσιν,*
  οὐδέ τιν' ἐγ-
  χώρων, κακογείτονα,
  παρ' ᾧ στόνον ἀντίτυπον <νό-
  σον> βαρυβρῶτ' ἀποκλαύ-
695 *σειεν αἱματηρόν·*
  οὐδ' ὃς θερμοτάταν αἱμάδα κηκιομέναν ἑλκέων
  ἐνθήρου ποδὸς ἠπίοισι φύλλοις
  κατευνάσειε, <σπασμὸς> εἴ τις ἐμπέσοι,
700 *φορβάδος τι γᾶς ἑλών·*
  εἶρπε δ' ἄλλοτ' ἀλλ<αχ>ᾷ

102

[PRIMEIRO ESTÁSIMO (676-729)]

CORO

EST.1 Ouvi falar, mas nunca vi,
que ao transgressor
de seu leito outrora
na roda veloz de Hades
encadeado o prendeu
o onipotente filho de Crono.
680 Nenhum outro mortal nem ouvido nem visto
sei ter por Parte sorte mais odiosa do que este,
que nada fez a ninguém nem roubou,
mas varão igual entre iguais
685 definhava tão sem merecer.
Este portento me surpreende
como afinal, como afinal
ouvindo marulho soar ao redor
suportou vida
690 tão deplorável

ANT.1 onde era ele sem poder andar
nem ter nativo
vizinho do mal
com quem lamentar
repercutido pranto
695 voraz cruento,
sem quem serenasse acesa sangria vertida
do ferido pé feroz com folhas lenientes
colhidas da terra fecunda
700 ao sobrevir o surto,
e ia algures e alhures

ΦΙΛΟΚΤΗΤΗΣ

τότ᾽ ἂν εἰλυόμενος,
παῖς ἄτερ ὡς φίλας τιθήνας,
ὅθεν εὐμάρει᾽ ὑπάρχοι
705 πόρου, ἀνίκ᾽ ἐξανείη
δακέθυμος ἄτα·

{STR. 2.} οὐ φορβὰν ἱερᾶς γᾶς σπόρον, οὐκ ἄλλων
αἴρων τῶν νεμόμεσθ᾽ ἀνέρες ἀλφησταί,
710 πλὴν ἐξ ὠκυβόλων εἴ ποτε τόξων
πτανοῖς ἰοῖς ἀνύσειε γαστρὶ φορβάν.
ὦ μελέα ψυχά,
715 ὃς μηδ᾽ οἰνοχύτου πώματος ἥσθη δεκέτει χρόνῳ,
λεύσσων δ᾽ ὅπου γνοίη στατὸν εἰς ὕδωρ,
αἰεὶ προσενώμα.

{ANT. 2.} νῦν δ᾽ ἀνδρῶν ἀγαθῶν παιδὸς ὑπαντήσας
720 εὐδαίμων ἀνύσει καὶ μέγας ἐκ κείνων·
ὅς νιν ποντοπόρῳ δούρατι, πλήθει
πολλῶν μηνῶν, πατρίαν ἄγει πρὸς αὐλὰν
725 Μηλιάδων νυμφᾶν,
Σπερχειοῦ τε παρ᾽ ὄχθας, ἵν᾽ ὁ χάλκασπις ἀνὴρ θεοῖς
πλάθη θεὸς θείῳ πυρὶ παμφαής,
Οἴτας ὑπὲρ ὄχθων.

104

rastejando então
qual criança sem a nutriz
por onde fosse fácil ir
705   cada vez que amainada
a mordente erronia,

EST.2   sem colher farto fruto da terra sacra
nem o que varões panívoros comemos
710   salvo se do veloz arco afinal conseguisse
com aladas setas o repasto para o ventre.
Ó mísera vida
715   que não frui poção de vinho há dez anos
e com vista onde sabia estagnar a água
prosseguia sempre.

ANT.2   Agora ao encontrar o filho de bons varões
720   terá bom Nume e grandeza depois de males.
Ele em marítimo lenho após multidão
de muitos meses o leva ao pátrio pátio
725   das ninfas do freixo
e ao rio Espérquio onde o varão de êneo escudo
chegou aos Deuses Deus fúlgido de divino fogo
no monte Eta.

{NE.}
730 ἔρπ᾽, εἰ θέλεις. τί δή ποθ᾽ ὧδ᾽ ἐξ οὐδενὸς
λόγου σιωπᾷς κἀπόπληκτος ὧδ᾽ ἔχῃ;

{ΦΙ.}

ἇ ἇ ἇ ἇ.

{NE.}

τί ἔστιν;

{ΦΙ.}

οὐδὲν δεινόν· ἀλλ᾽ ἴθ᾽, ὦ τέκνον.

{NE.}

μῶν ἄλγος ἴσχεις τῆς παρεστώσης νόσου;

{ΦΙ.}
735 οὐ δῆτ᾽ ἔγωγ᾽, ἀλλ᾽ ἄρτι κουφίζειν δοκῶ.
ὦ θεοί.

{NE.}

τί τοὺς θεοὺς ὧδ᾽ ἀναστένων καλεῖς;

{ΦΙ.}

σωτῆρας αὐτοὺς ἠπίους θ᾽ ἡμῖν μολεῖν.
ἇ ἇ ἇ ἇ.

[SEGUNDO EPISÓDIO (730-826)]

NEOPTÓLEMO

730 Vem, se queres! Por que afinal sem mais
palavra assim te calas e estás tão aturdido?

FILOCTETES
Â â â â!

NEOPTÓLEMO
O que é?

FILOCTETES
Nada terrível, mas vai, ó filho!

NEOPTÓLEMO
Não sentes a dor de teu presente distúrbio?

FILOCTETES

735 Não, eu não, mas parece que logo alivia.
Ó Deuses!

NEOPTÓLEMO
Por que os chamas gemendo?

FILOCTETES
Que nos venham salvadores e clementes!
Â â â â!

{ΝΕ.}

740　*τί ποτε πέπονθας; οὐκ ἐρεῖς, ἀλλ᾽ ὧδ᾽ ἔσῃ*
　　σιγηλός; ἐν κακῷ δέ τῳ φαίνῃ κυρῶν.

{ΦΙ.}

　　ἀπόλωλα, τέκνον, κοὐ δυνήσομαι κακὸν
　　κρύψαι παρ᾽ ὑμῖν, ἀτταταῖ· διέρχεται,
　　διέρχεται. δύστηνος, ὦ τάλας ἐγώ.
745　*ἀπόλωλα, τέκνον· βρύκομαι, τέκνον· παπαῖ,*
　　ἀπαππαπαῖ, παπᾶ παπᾶ παπᾶ παπαῖ.
　　πρὸς θεῶν, πρόχειρον εἴ τί σοι, τέκνον, πάρα
　　ξίφος χεροῖν, πάταξον εἰς ἄκρον πόδα·
　　ἀπάμησον ὡς τάχιστα· μὴ φείσῃ βίου·
750　*ἴθ᾽, ὦ παῖ.*

{ΝΕ.}

　　τί δ᾽ ἔστιν οὕτω νεοχμὸν ἐξαίφνης, ὅτου
　　τοσήνδ᾽ ἰυγὴν καὶ στόνον σαυτοῦ ποῇ;

{ΦΙ.}

　　οἶσθ᾽, ὦ τέκνον;

{ΝΕ.}

　　　　　τί ἔστιν;

{ΦΙ.}

　　　　　　　οἶσθ᾽, ὦ παῖ.

{ΝΕ.}

　　　　　　　　　Τί σοι;
　　οὐκ οἶδα.

NEOPTÓLEMO

740   Que afinal tens? Não dirás, mas calarás
silencioso? Claro algum mal te acomete.

FILOCTETES

Estou perdido, filho, não mais poderei
vos ocultar o mal, *attataî!* Transpassa,
transpassa. Infausto, ó mísero de mim!
745   Estou perdido, filho! Sou devorado, filho!
Papaî, apappapaî, papá papá papá papaî!
Por Deuses, filho, se tens fácil uma faca
nas mãos, dá um talho na ponta do pé,
amputa o mais rápido, não poupes vida!
750   Vamos, ó filho!

NEOPTÓLEMO

Que é essa tão súbita novidade? Por que
fazes tanto gemido e tanto pranto por ti?

FILOCTETES

Sabes, filho?

NEOPTÓLEMO

O quê?

FILOCTETES

Sabes, filho?

NEOPTÓLEMO

O quê?
Não sei.

ΦΙΛΟΚΤΗΤΗΣ

{ΦΙ.}

πῶς οὐκ οἶσθα; παππαπαππαπαῖ.

{ΝΕ.}

755 δεινόν γε τοὐπίσαγμα τοῦ νοσήματος.

{ΦΙ.}

δεινὸν γὰρ οὐδὲ ῥητόν· ἀλλ’ οἴκτιρέ με.

{ΝΕ.}

τί δῆτα δράσω;

{ΦΙ.}

μή με ταρβήσας προδῷς·
ἥκει γὰρ αὕτη διὰ χρόνου, πλάνης ἴσως
ὡς ἐξεπλήσθη, νόσος.

{ΝΕ.}

ἰὼ δύστηνε σύ,
760 δύστηνε δῆτα διὰ πόνων πάντων φανείς.
βούλει λάβωμαι δῆτα καὶ θίγω τί σου;

{ΦΙ.}

μὴ δῆτα τοῦτό γ’· ἀλλά μοι τὰ τόξ’ ἑλὼν
τάδ’, ὥσπερ ᾔτοῦ μ’ ἀρτίως, ἕως ἀνῇ
765 τὸ πῆμα τοῦτο τῆς νόσου τὸ νῦν παρόν,
σῷζ’ αὐτὰ καὶ φύλασσε. λαμβάνει γὰρ οὖν
ὕπνος μ’, ὅταν περ τὸ κακὸν ἐξίῃ τόδε·
κοὐκ ἔστι λῆξαι πρότερον· ἀλλ’ ἐᾶν χρεὼν
ἕκηλον εὕδειν. ἢν δὲ τῷδε τῷ χρόνῳ
770 μόλωσ’ ἐκεῖνοι, πρὸς θεῶν, ἐφίεμαι
ἑκόντα μήτ’ ἄκοντα μήτε τῳ τέχνῃ

FILOCTETES

Como não sabes? *Pappapappapaî!*

NEOPTÓLEMO

755   Terrível deveras é o fardo da enfermidade.

FILOCTETES

Terrível e indizível. Mas apieda-te de mim!

NEOPTÓLEMO

Que fazer então?

FILOCTETES

Não me traias por temor,
esta doença vem de vez em quando, talvez
saciada de suas andanças.

NEOPTÓLEMO

Iò, tu ó infausto,
760   mostrado infausto por todas as tuas fadigas!
Queres que eu te ampare e que te dê apoio?

FILOCTETES

Não, isso não, mas toma este meu arco
tal como há pouco pediste, até amainar
765   este ataque do distúrbio agora presente,
salva e conserva-o, porque me domina
o sono assim que esta moléstia amaina.
Não é possível cessar antes, mas deves
deixar dormir tranquilo. Se nesse tempo
770   vierem eles, por Deuses, eu te exorto
nem por ti nem à força nem por dolo

κείνοις μεθεῖναι ταῦτα, μὴ σαυτόν θ' ἅμα
κἄμ', ὄντα σαυτοῦ πρόστροπον, κτείνας γένῃ.

{ΝΕ.}

θάρσει προνοίας οὕνεκ'. οὐ δοθήσεται
775   πλὴν σοί τε κἀμοί· ξὺν τύχῃ δὲ πρόσφερε.

{ΦΙ.}

ἰδού, δέχου, παῖ· τὸν φθόνον δὲ πρόσκυσον,
μή σοι γενέσθαι πολύπον' αὐτά, μηδ' ὅπως
ἐμοί τε καὶ τῷ πρόσθ' ἐμοῦ κεκτημένῳ.

{ΝΕ.}

ὦ θεοί, γένοιτο ταῦτα νῷν· γένοιτο δὲ
780   πλοῦς οὔριός τε κεὐσταλὴς ὅποι ποτὲ
θεὸς δικαιοῖ χὠ στόλος πορσύνεται.

{ΦΙ.}

ἂ ἂ ἂ ἂ.
δέδοικα <δ'>, ὦ παῖ, μὴ ἀτελὴς εὐχὴ <τύχῃ>·
στάζει γὰρ αὖ μοι φοίνιον τόδ' ἐκ βυθοῦ
κηκῖον αἷμα, καί τι προσδοκῶ νέον.
785   παπαῖ, φεῦ.
παπαῖ μάλ', ὦ πούς, οἷά μ' ἐργάσῃ κακά.
προσέρπει,
προσέρχεται τόδ' ἐγγύς. οἴμοι μοι τάλας.
ἔχετε τὸ πρᾶγμα· μὴ φύγητε μηδαμῇ.
790   ἀτταταῖ.
ὦ ξένε Κεφαλλήν, εἴθε σοῦ διαμπερὲς
στέρνων ἵκοιτ' ἄλγησις ἥδε. φεῦ, παπαῖ.
παπαῖ μάλ' αὖθις. ὦ διπλοῖ στρατηλάται,
[Ἀγάμεμνον, ὦ Μενέλαε, πῶς ἂν ἀντ' ἐμοῦ]

não lhes dês este arco, e não te mates
a ti mesmo nem a mim, teu suplicante!

NEOPTÓLEMO

Confia por precaução! Não será dado
775   senão a ti e a mim. Traze-o com sorte!

FILOCTETES

Olha, toma, filho! Venera a invídia,
que não te seja ele tormentoso como
foi a mim e ao dono anterior a mim!

NEOPTÓLEMO

Ó Deuses, assim seja e seja fácil
780   e feliz nossa navegação para onde
Deus justifique e a missão dispõe.

FILOCTETES

Â â â â!
Temo, filho, que seja vã a prece,
pois do fundo verte rubro este
sangue fluido e aguardo novidade.
785   *Papaî, pheû!*
Papaî, ó pé, que males me farás?
Aproxima-se,
aproxima-se isto. *Oímoi moi* mísero!
Tendes a situação; não vos evadais!
790   *Attataî!*
Ó forasteiro Cefalênio, atravessasse
teu peito esta dor! *Pheû, papaî!*
Papaî de novo! Ó dois chefes de tropa,
ó Agamêmnon, ó Menelau, em vez de mim,

795 τὸν ἴσον χρόνον τρέφοιτε τήνδε τὴν νόσον.
ὤμοι μοι.
ὦ θάνατε θάνατε, πῶς ἀεὶ καλούμενος
οὕτω κατ᾽ ἦμαρ οὐ δύνῃ μολεῖν ποτε;
ὦ τέκνον, ὦ γενναῖον, ἀλλὰ συλλαβών,
800 τῷ Λημνίῳ τῷδ᾽ ἀνακαλουμένῳ πυρὶ
ἔμπρησον, ὦ γενναῖε· κἀγώ τοί ποτε
τὸν τοῦ Διὸς παῖδ᾽ ἀντὶ τῶνδε τῶν ὅπλων,
ἃ νῦν σὺ σῴζεις, τοῦτ᾽ ἐπηξίωσα δρᾶν.
τί φής, παῖ;
805 τί φής; τί σιγᾷς; ποῦ ποτ᾽ ὤν, τέκνον, κυρεῖς;

{ΝΕ.}
ἀλγῶ πάλαι δὴ τἀπὶ σοὶ στένων κακά.

{ΦΙ.}

ἀλλ᾽, ὦ τέκνον, καὶ θάρσος ἴσχ᾽· ὡς ἥδε μοι
ὀξεῖα φοιτᾷ καὶ ταχεῖ᾽ ἀπέρχεται.
ἀλλ᾽ ἀντιάζω, μή με καταλίπῃς μόνον.

{ΝΕ.}
810 θάρσει, μενοῦμεν.

{ΦΙ.}

ἦ μενεῖς;

{ΝΕ.}

σαφῶς φρόνει.

{ΦΙ.}
οὐ μήν σ᾽ ἔνορκόν γ᾽ ἀξιῶ θέσθαι, τέκνον.

795   nutrísseis vós por igual tempo esta doença!
Ómoi moi!
Ó Morte, Morte, tão invocada sempre
cada dia, como não podes vir jamais?
Ó filho, ó nobre, vamos, cooperante
800   com este invocado fogo de Lemnos
incendeia, ó nobre! Eu mesmo outrora
ao filho de Zeus em troca destas armas
que agora conservas, cri em fazer isso.
Que dizes, filho?
805   Que dizes? Que calas? Onde estás, filho?

NEOPTÓLEMO
Padeço há muito gemendo os teus males.

FILOCTETES
Vamos, ó filho, tem coragem tu também!
Quão afiada ela me visita e veloz se vai!
Eu te suplico, não me abandones a sós.

NEOPTÓLEMO
810   Confia, ficaremos.

FILOCTETES
Ficarás?

NEOPTÓLEMO
Claro!

FILOCTETES
Não penso te pôr sob juramento, filho.

{ΝΕ.}

ὡς οὐ θέμις γ' ἐμοῦστι σοῦ μολεῖν ἄτερ.

{ΦΙ.}

ἔμβαλλε χειρὸς πίστιν.

{ΝΕ.}

ἐμβάλλω μενεῖν.

{ΦΙ.}

ἐκεῖσε νῦν μ', ἐκεῖσε –

{ΝΕ.}

ποῖ λέγεις;

{ΦΙ.}

ἄνω –

{ΝΕ.}
815   τί παραφρονεῖς αὖ; τί τὸν ἄνω λεύσσεις κύκλον;

{ΦΙ.}

μέθες μέθες με.

{ΝΕ.}

ποῖ μεθῶ;

{ΦΙ.}

μέθες ποτέ.

{ΝΕ.}

οὔ φημ' ἐάσειν.

NEOPTÓLEMO
Porque não me é lícito zarpar sem ti.

FILOCTETES
Dá-me o penhor da mão!

NEOPTÓLEMO
Dou ficar.

FILOCTETES
Leva-me lá, agora, lá!

NEOPTÓLEMO
Onde?

FILOCTETES
Em cima.

NEOPTÓLEMO
815   Que deliras? Que olhas a abóbada acima?

FILOCTETES
Deixa, deixa-me!

NEOPTÓLEMO
Deixar onde?

FILOCTETES
Deixa!

NEOPTÓLEMO
Nego deixar.

{ΦI.}

ἀπό μ' ὀλεῖς, ἢν προσθίγῃς.

{NE.}

καὶ δὴ μεθίημ', εἴ τι δὴ πλέον φρονεῖς.

{ΦI.}

ὦ γαῖα, δέξαι θανάσιμόν μ' ὅπως ἔχω·
820   τὸ γὰρ κακὸν τόδ' οὐκέτ' ὀρθοῦσθαί μ' ἐᾷ.

{NE.}

τὸν ἄνδρ' ἔοικεν ὕπνος οὐ μακροῦ χρόνου
ἕξειν· κάρα γὰρ ὑπτιάζεται τόδε·
ἱδρώς γέ τοί νιν πᾶν καταστάζει δέμας,
μέλαινά τ' ἄκρου τις παρέρρωγεν ποδὸς
825   αἱμορραγὴς φλέψ. Ἀλλ' ἐάσωμεν, φίλοι,
ἔκηλον αὐτόν, ὡς ἂν εἰς ὕπνον πέσῃ.

FILOCTETES

Tu me matarás, se tocares.

NEOPTÓLEMO

Eis que deixo, se estás mais lúcido agora.

FILOCTETES

Ó Terra, recebe-me perecível como estou.

820   Este mal não mais me deixa estar de pé.

NEOPTÓLEMO

Parece que o Sono em não muito tempo
terá o varão, pois agora a cabeça oscila,
o suor está molhando todo o seu corpo,
negra na ponta do pé uma veia se rompe

825   sanguinolenta. Mas deixemo-lo, amigos,
tranquilo enquanto estiver caído no sono.

{XO.}

{STR.}   Ὕπν᾽ ὀδύνας ἀδαής, Ὕπνε δ᾽ ἀλγέων,
εὐαὴς ἡμῖν ἔλθοις, εὐαίων,

830   εὐαίων, ὦναξ· ὄμμασι δ᾽ ἀντίσχοις
τάνδ᾽ αἴγλαν, ἃ τέταται τανῦν.
ἴθι ἴθι μοι, Παιών.
ὦ τέκνον, ὅρα ποῦ στάσῃ,
ποῖ δὲ βάσῃ,
πῶς δέ σοι τἀντεῦθεν

835   φροντίδος. ὁρᾷς ἤδη.
πρὸς τί μένομεν πράσσειν;
καιρός τοι πάντων γνώμαν ἴσχων
<πολύ τι> πολὺ παρὰ πόδα κράτος ἄρνυται.

{NE.}

ἀλλ᾽ ὅδε μὲν κλύει οὐδέν, ἐγὼ δ᾽ ὁρῶ οὕνεκα θήραν

840   τήνδ᾽ ἁλίως ἔχομεν τόξων, δίχα τοῦδε πλέοντες·
τοῦδε γὰρ ὁ στέφανος, τοῦτον θεὸς εἶπε κομίζειν.
κομπεῖν δ᾽ ἔργ᾽ ἀτελῆ σὺν ψεύδεσιν αἰσχρὸν ὄνειδος.

{XO.}

{ANT.}   ἀλλά, τέκνον, τάδε μὲν θεὸς ὄψεται·
ὧν δ᾽ ἂν κἀμείβῃ μ᾽ αὖθις, βαιάν μοι,

845   βαιάν, ὦ τέκνον, πέμπε λόγων φήμαν·
ὡς πάντων ἐν νόσῳ εὐδρακὴς
ὕπνος ἄυπνος λεύσσειν.
ἀλλ᾽ ὅ τι δύνᾳ μάκιστον,
κεῖνο <δή> μοι,

850   κεῖνό <μοι> λαθραίως

[PRIMEIRO *KOMMÓS* EM VEZ DE ESTÁSIMO (827-864)]

CORO

EST.   Sono ínscio de dor, ó Sono das dores
que nos venhas bem soprado, feliz,
830   feliz, ó rei! Tenhas ante os olhos
esta luz, que está agora estendida.
Vem, vem a mim, Peã!
Ó filho, vê onde estarás,
aonde irás, qual doravante
835   o teu cuidado? Já o vês.
Que esperamos para agir?
A ocasião, ao saber de tudo,
colhe perto muito, muito poder.

NEOPTÓLEMO

   Ele não ouve, e vejo que temos em vão
840   esta caça do arco, se zarparmos sem ele.
Dele é a coroa, dele Deus disse levá-lo.
É vil gabar-se de atos vãos por mentiras.

CORO

ANT.   Mas isso mesmo, filho, Deus há de ver.
Ao responderes, filho, discreta, discreta
845   dirige-me a mensagem de tuas palavras,
que na doença de todos perspicaz
na percepção é o sono insone.
Vamos, o máximo que podes
aquilo por mim,
850   aquilo por mim, em sigilo,

ἐξιδοῦ ὅπως πράξεις.
οἶσθα γὰρ ὂν αὐδῶμαι·
εἰ ταύτᾳ τούτῳ γνώμαν ἴσχεις,
μάλα τοι ἄπορα πυκινοῖς ἐνιδεῖν πάθη.

{ΕΡ.} οὖρός τοι, τέκνον, οὖρος· ἀ-
856 νὴρ δ᾽ ἀνόμματος, οὐδ᾽ ἔχων ἀρωγάν,
ἐκτέταται νύχιος –
ἀδεὴς ὕπνος ἐσθλός –
860 οὐ χερός, οὐ ποδός, οὔτινος ἄρχων,
ἀλλ᾽ τις ὡς Ἀίδᾳ πάρα κείμενος.
ὅρα, βλέπ᾽ εἰ καίρια
φθέγγῃ· τὸ δ᾽ ἁλώσιμον
ἐμᾷ φροντίδι, παῖ, πόνος
ὁ μὴ φοβῶν κράτιστος.

examina como hás de fazer!
Tu sabes de quem falo.
Se quanto a ele manténs o intento,
cabe a solertes prever ínvias dores.

EPODO   O vento, o vento te favorece, filho.
856   O varão sem olhos, nem defesa,
está estendido noturnal,
bravo sono destemido,
860   sem domínio nem da mão nem do pé,
mas jacente como se junto de Hades.
Olha, vê tu se falas
o oportuno. Apreendido
por meu siso, filho, o labor
sem temor tem mais poder.

{NE.}

865 σιγᾶν κελεύω, μηδ' ἀφεστάναι φρενῶν.
κινεῖ γὰρ ἀνὴρ ὄμμα κἀνάγει κάρα.

{ΦΙ.}

ὦ φέγγος ὕπνου διάδοχον, τό τ' ἐλπίδων
ἄπιστον οἰκούρημα τῶνδε τῶν ξένων.
οὐ γάρ ποτ', ὦ παῖ, τοῦτ' ἂν ἐξηύχησ' ἐγὼ,
870 τλῆναί σ' ἐλεινῶς ὧδε τἀμὰ πήματα
μεῖναι παρόντα καὶ ξυνωφελοῦντά μοι.
οὔκουν Ἀτρεῖδαι τοῦτ' ἔτλησαν εὐφόρως
οὕτως ἐνεγκεῖν, ἀγαθοὶ στρατηλάται.
ἀλλ' εὐγενὴς γὰρ ἡ φύσις κἀξ εὐγενῶν,
875 ὦ τέκνον, ἡ σή, πάντα ταῦτ' ἐν εὐχερεῖ
ἔθου, βοῆς τε καὶ δυσοσμίας γέμων.
καὶ νῦν ἐπειδὴ τοῦδε τοῦ κακοῦ δοκεῖ
λήθη τις εἶναι κἀνάπαυλα δή, τέκνον,
σύ μ' αὐτὸς ἆρον, σύ με κατάστησον, τέκνον,
880 ἵν', ἡνίκ' ἂν κόπος μ' ἀπαλλάξῃ ποτέ,
ὁρμώμεθ' ἐς ναῦν μηδ' ἐπίσχωμεν τὸ πλεῖν.

{NE.}

ἀλλ' ἥδομαι μέν σ' εἰσιδὼν παρ' ἐλπίδα
ἀνώδυνον βλέποντα κἀμπνέοντ' ἔτι·
ὡς οὐκέτ' ὄντος γὰρ τὰ συμβόλαιά σου
885 πρὸς τὰς παρούσας ξυμφορὰς ἐφαίνετο.
νῦν δ' αἶρε σαυτόν· εἰ δέ σοι μᾶλλον φίλον,
οἴσουσί σ' οἵδε· τοῦ πόνου γὰρ οὐκ ὄκνος,
ἐπείπερ οὕτω σοί τ' ἔδοξ' ἐμοί τε δρᾶν.

[TERCEIRO EPISÓDIO (865-1080)]

NEOPTÓLEMO

865 Silêncio peço, não vos afasteis da razão!
O varão move os olhos e ergue a cabeça.

FILOCTETES

Ó luz sucessora do sono! Ó inesperada
das esperanças guarda destes forasteiros!
Nunca, ó filho, eu me teria ufanado disto
870 que suportásseis tão apiedados resistir
presentes e solícitos a meus sofrimentos.
Atridas não teriam suportado tão fácil
este fardo, bravos condutores de tropas,
mas nobre a natureza e de nobres pais
875 tua, ó filho, consideraste tudo isso fácil,
ainda que saturado de gritos e de fedor.
Agora que parece algum esquecimento
haver e ainda o repouso deste mal, filho,
ergue-me tu mesmo e levanta-me, filho,
880 para que, quando a fadiga me permitir,
vamos ao navio e não tardemos zarpar.

NEOPTÓLEMO

Alegra-me vê-lo, contra a expectativa,
vivo sem as dores e ainda com o alento,
uma vez que nesta presente circunstância
885 os sintomas pareciam de não mais vivo.
Agora ergue-te tu mesmo, e se preferes,
estes te levarão. Não há medo da fadiga
se bem pareceu a ti e a mim assim agir.

125

{ΦΙ.}

αἰνῶ τάδ᾽, ὦ παῖ, καί μ᾽ ἔπαιρ᾽, ὥσπερ νοεῖς·
890   τούτους δ᾽ ἔασον, μὴ βαρυνθῶσιν κακῇ
ὀσμῇ πρὸ τοῦ δέοντος· οὑπὶ νηὶ γὰρ
ἅλις πόνος τούτοισι συνναίειν ἐμοί.

{ΝΕ.}

ἔσται τάδ᾽· ἀλλ᾽ ἴστω τε καὐτὸς ἀντέχου.

{ΦΙ.}

θάρσει· τό τοι σύνηθες ὀρθώσει μ᾽ ἔθος.

{ΝΕ.}
895   παπαῖ· τί δῆτ᾽ <ἄν> δρῶμ᾽ ἐγὼ τοὐνθένδε γε;

{ΦΙ.}

τί δ᾽ ἔστιν, ὦ παῖ; ποῖ ποτ᾽ ἐξέβης λόγῳ;

{ΝΕ.}

οὐκ οἶδ᾽ ὅπῃ χρὴ τἄπορον τρέπειν ἔπος.

{ΦΙ.}

ἀπορεῖς δὲ τοῦ σύ; μὴ λέγ᾽, ὦ τέκνον, τάδε.

{ΝΕ.}

ἀλλ᾽ ἐνθάδ᾽ ἤδη τοῦδε τοῦ πάθους κυρῶ.

{ΦΙ.}
900   οὐ δή σε δυσχέρεια τοῦ νοσήματος
ἔπαισεν ὥστε μή μ᾽ ἄγειν ναύτην ἔτι;

FILOCTETES

    Grato, filho, e levanta-me como vês!
890   Deixa-os, não os importunemos com
    o fedor antes do necessário; no navio
    muita fadiga deles conviver comigo.

NEOPTÓLEMO

    Assim será, põe-te de pé, eu anteparo.

FILOCTETES

    Coragem! O hábito habitual me erige.

NEOPTÓLEMO

895   *Papaî!* O que pois faria eu doravante?

FILOCTETES

    Que é, filho? Onde divagas a palavra?

NEOPTÓLEMO

    Não sei para onde volver a ínvia fala.

FILOCTETES

    Ínvia por quê? Não me digas isso, filho!

NEOPTÓLEMO

    Mas aqui já me encontro neste impasse.

FILOCTETES

900   Não é que a dificuldade deste distúrbio
    te bateu de não mais me levar no navio?

{NE.}

ἅπαντα δυσχέρεια, τὴν αὑτοῦ φύσιν
ὅταν λιπών τις δρᾷ τὰ μὴ προσεικότα.

{ΦΙ.}

ἀλλ' οὐδὲν ἔξω τοῦ φυτεύσαντος σύ γε
905   δρᾷς οὐδὲ φωνεῖς, ἐσθλὸν ἄνδρ' ἐπωφελῶν.

{NE.}

αἰσχρὸς φανοῦμαι· τοῦτ' ἀνιῶμαι πάλαι.

{ΦΙ.}

οὔκουν ἐν οἷς γε δρᾷς· ἐν οἷς δ' αὐδᾷς ὀκνῶ.

{NE.}

ὦ Ζεῦ, τί δράσω; δεύτερον ληφθῶ κακός,
κρύπτων θ' ἃ μὴ δεῖ καὶ λέγων αἴσχιστ' ἐπῶν;

{ΦΙ.}

910   ἀνὴρ ὅδ', εἰ μὴ 'γὼ κακὸς γνώμην ἔφυν,
προδούς μ' ἔοικε κἀκλιπὼν τὸν πλοῦν στελεῖν.

{NE.}

λιπὼν μὲν οὐκ ἔγωγε, λυπηρῶς δὲ μὴ
πέμπω σε μᾶλλον, τοῦτ' ἀνιῶμαι πάλαι.

{ΦΙ.}

τί ποτε λέγεις, ὦ τέκνον; ὡς οὐ μανθάνω.

{NE.}

915   οὐδέν σε κρύψω· δεῖ γὰρ ἐς Τροίαν σε πλεῖν
πρὸς τοὺς Ἀχαιοὺς καὶ τὸν Ἀτρειδῶν στόλον.

NEOPTÓLEMO

Tudo é dificuldade quando por faltar
à própria natureza se faz o inadequado.

FILOCTETES

Mas tu não fazes nem falas nada fora
905   do natural do pai se vales a varão nobre.

NEOPTÓLEMO

Parecerei vil. Isso há muito me aflige.

FILOCTETES

Não temo o que fazes, mas o que falas.

NEOPTÓLEMO

Zeus, que fazer? Sou pego vil de novo
a ocultar o indevido e a dizer o pior?

FILOCTETES

910   Se não sou néscio, este varão parece
que me vai trair, abandonar e zarpar.

NEOPTÓLEMO

Abandonar não, mas temo que antes
te conduza. Isso há muito me aflige.

FILOCTETES

O que dizes, filho? Não compreendo.

NEOPTÓLEMO

915   Nada te ocultarei. Tu deves navegar
a Troia, aos aqueus e à frota de Atridas.

{ΦΙ.}

οἴμοι, τί εἶπας;

{ΝΕ.}

μὴ στέναζε, πρὶν μάθῃς.

{ΦΙ.}

ποῖον μάθημα; τί με νοεῖς δρᾶσαί ποτε;

{ΝΕ.}

σῶσαι κακοῦ μὲν πρῶτα τοῦδ᾽, ἔπειτα δὲ
920   ξὺν σοὶ τὰ Τροίας πεδία πορθῆσαι μολών.

{ΦΙ.}

καὶ ταῦτ᾽ ἀληθῆ δρᾶν νοεῖς;

{ΝΕ.}

                              πολλὴ κρατεῖ
τούτων ἀνάγκη· καὶ σὺ μὴ θυμοῦ κλύων.

{ΦΙ.}

ἀπόλωλα τλήμων, προδέδομαι. τί μ᾽, ὦ ξένε,
δέδρακας; ἀπόδος ὡς τάχος τὰ τόξα μοι.

{ΝΕ.}
925   ἀλλ᾽ οὐχ οἷόν τε· τῶν γὰρ ἐν τέλει κλύειν
τό τ᾽ ἔνδικόν με καὶ τὸ συμφέρον ποεῖ.

{ΦΙ.}

ὦ πῦρ σὺ καὶ πᾶν δεῖμα καὶ πανουργίας
δεινῆς τέχνημ᾽ ἔχθιστον, οἷά μ᾽ εἰργάσω,
οἷ᾽ ἠπάτηκας· οὐδ᾽ ἐπαισχύνῃ μ᾽ ὁρῶν

FILOCTETES
>
> *Oímoi!*

NEOPTÓLEMO
>
> Não gemas antes que saibas.

FILOCTETES
>
> Saber o quê? Que me pensas fazer?

NEOPTÓLEMO
>
> Primeiro salvar deste mal, e depois
>
> 920   contigo ir pilhar a planície de Troia.

FILOCTETES
>
> Pensas fazer isso?

NEOPTÓLEMO
>
> Muita coerção
>
> domina isso. Não te ires por ouvir.

FILOCTETES
>
> Mísero perdi, fui traído! Ó forasteiro,
>
> que me fizeste? Já me dá meu arco!

NEOPTÓLEMO
>
> 925   Não é possível. O justo e o útil
>
> me fazem ouvir os magistrados.

FILOCTETES
>
> Ó fogo tu, todo terror e arte odiosa
>
> de solércia terrível, que me fizeste?
>
> Como me enganaste! Não te vexas

930	τὸν προστρόπαιον, τὸν ἱκέτην, ὦ σχέτλιε;
	ἀπεστέρηκας τὸν βίον τὰ τόξ’ ἑλών.
	ἀπόδος, ἱκνοῦμαί σ’, ἀπόδος, ἱκετεύω, τέκνον.
	πρὸς θεῶν πατρῴων, τὸν βίον με μὴ ἀφέλῃ.
	ὤμοι τάλας. ἀλλ’ οὐδὲ προσφωνεῖ μ’ ἔτι,
935	ἀλλ’ ὡς μεθήσων μήποθ’, ὧδ’ ὁρᾷ πάλιν.
	ὦ λιμένες, ὦ προβλῆτες, ὦ ξυνουσίαι
	θηρῶν ὀρείων, ὦ καταρρῶγες πέτραι,
	ὑμῖν τάδ’, οὐ γὰρ ἄλλον οἶδ’ ὅτῳ λέγω,
	ἀνακλαίομαι παροῦσι τοῖς εἰωθόσιν,
940	οἷ’ ἔργ’ ὁ παῖς μ’ ἔδρασεν οὑξ Ἀχιλλέως·
	ὀμόσας ἀπάξειν οἴκαδ’, ἐς Τροίαν μ’ ἄγει·
	προσθείς τε χεῖρα δεξιάν, τὰ τόξα μου
	ἱερὰ λαβὼν τοῦ Ζηνὸς Ἡρακλέους ἔχει,
	καὶ τοῖσιν Ἀργείοισι φήνασθαι θέλει,
945	ὡς ἄνδρ’ ἑλὼν ἰσχυρὸν ἐκ βίας μ’ ἄγει,
	κοὐκ οἶδ’ ἐναίρων νεκρόν, ἢ καπνοῦ σκιάν,
	εἴδωλον ἄλλως. οὐ γὰρ ἂν σθένοντά γε
	εἷλέν μ’· ἐπεὶ οὐδ’ ἂν ὧδ’ ἔχοντ’, εἰ μὴ δόλῳ.
	νῦν δ’ ἠπάτημαι δύσμορος. τί χρή με δρᾶν;
950	<ἀλλ’> ἀπόδος. ἀλλὰ νῦν ἔτ’ ἐν σαυτοῦ γενοῦ.
	τί φής; σιωπᾷς. οὐδέν εἰμ’ ὁ δύσμορος.
	ὦ σχῆμα πέτρας δίπυλον, αὖθις αὖ πάλιν
	εἴσειμι πρὸς σὲ ψιλός, οὐκ ἔχων τροφήν·
	ἀλλ’ αὐανοῦμαι τῷδ’ ἐν αὐλίῳ μόνος,
955	οὐ πτηνὸν ὄρνιν, οὐδὲ θῆρ’ ὀρειβάτην
	τόξοις ἐναίρων τοισίδ’, ἀλλ’ αὐτὸς τάλας
	θανὼν παρέξω δαῖτ’ ἀφ’ ὧν ἐφερβόμην,
	καί μ’ οὓς ἐθήρων πρόσθε θηράσουσι νῦν·
	φόνον φόνου δὲ ῥύσιον τείσω τάλας
960	πρὸς τοῦ δοκοῦντος οὐδὲν εἰδέναι κακόν.
	ὄλοιο – μή πω, πρὶν μάθοιμ’, εἰ καὶ πάλιν
	γνώμην μετοίσεις· εἰ δὲ μή, θάνοις κακῶς.

FILOCTETES

930 de me ver súplice, súplice, ó cruel?
Tiraste-me vida ao tirar-me o arco.
Dá-me, rogo-te, dá-me, rogo, filho!
Por Deuses pátrios, não me tires vida!
Ómoi mísero! Não me responde mais,
935 olha para trás qual a não soltar nunca.
Ó portos, promontórios, companhia
de feras montesas, ó íngremes pedras,
a vós, pois não sei a quem mais diga,
os presentes habituais, assim lastimo
940 que feitos me fez o filho de Aquiles!
Jurou levar à pátria, leva-me a Troia.
Dando-me a destra recebeu e retém
meu arco sacro de Héracles de Zeus
com o intuito de mostrar aos aqueus.
945 Leva-me qual varão forte preso à força,
não sabe que matou um morto, sombra
de fumaça, imagem vã. Saudável não
me prenderia, nem doente, sem dolo.
Agora me iludi mísero. Que me farás?
950 Dá-me! Recupera-te a ti mesmo agora!
Que dizes? Calas-te? Nada sou, mísero!
Ó forma pétrea bifronte, outra vez outro
entrarei em ti indefeso, sem o alimento,
mas nesta moradia solitário definharei,
955 sem matar alada ave nem montesa fera
com estas setas, mas mísero eu mesmo
morto serei pasto aos de que me nutria,
quem antes eu caçava agora me caçam.
Eu mísero morte com morte repararei
960 por quem parecia não cometer maldade.
Morras – não ainda, antes que eu saiba
se mudarás o juízo. Se não, morras mal!

{XO.}

τί δρῶμεν; ἐν σοὶ καὶ τὸ πλεῖν ἡμᾶς, ἄναξ,
ἤδη 'στὶ καὶ τοῖς τοῦδε προσχωρεῖν λόγοις.

{NE.}

965 ἐμοὶ μὲν οἶκτος δεινὸς ἐμπέπτωκέ τις
τοῦδ' ἀνδρὸς οὐ νῦν πρῶτον, ἀλλὰ καὶ πάλαι.

{ΦΙ.}

ἐλέησον, ὦ παῖ, πρὸς θεῶν, καὶ μὴ παρῇς
σαυτοῦ βροτοῖς ὄνειδος, ἐκκλέψας ἐμέ.

{NE.}

οἴμοι, τί δράσω; μή ποτ' ὤφελον λιπεῖν
970 τὴν Σκῦρον· οὕτω τοῖς παροῦσιν ἄχθομαι.

{ΦΙ.}

οὐκ εἶ κακὸς σύ· πρὸς κακῶν δ' ἀνδρῶν μαθὼν
ἔοικας ἥκειν αἰσχρά. νῦν δ' ἄλλοισι δοὺς
οἷς εἰκός ἔκπλει, τἄμ' ἐμοὶ μεθεὶς ὅπλα.

{NE.}

τί δρῶμεν, ἄνδρες;

{ΟΔ.}

                 ὦ κάκιστ' ἀνδρῶν, τί δρᾷς;
975 οὐκ εἶ μεθεὶς τὰ τόξα ταῦτ' ἐμοί πάλιν;

{ΦΙ.}

οἴμοι, τίς ἀνήρ; ἆρ' Ὀδυσσέως κλύω;

CORO

O que faremos? De ti depende, ó rei, se
navegamos ou cedemos às palavras dele.

NEOPTÓLEMO

965 Sobre mim se abateu terrível compaixão
por este varão, não agora, mas há muito.

FILOCTETES

Apieda-te, filho, por Deuses! Não deixes
que mortais te reprovem por me furtares!

NEOPTÓLEMO

Oímoi, que fazer? Jamais tivesse deixado
970 Ciro! Tanto esta circunstância me aflige!

FILOCTETES

Tu não és vil, mas aprendiz de varões vis
pareces chegar a vilezas. Deixa-as a quem
convêm, dá-me as minhas armas e navega!

NEOPTÓLEMO

Que faremos, varões?

ODISSEU

Ó pior dos varões,
975 que fazes? Volta e entrega-me esse arco!

FILOCTETES

Oímoi, quem é esse varão? Ouço Odisseu?

{ΟΔ.}

Ὀδυσσέως, σάφ' ἴσθ', ἐμοῦ γ', ὃν εἰσορᾷς.

{ΦΙ.}

οἴμοι· πέπραμαι κἀπόλωλ'· ὅδ' ἦν ἄρα
ὁ ξυλλαβών με κἀπονοσφίσας ὅπλων.

{ΟΔ.}

980 ἐγώ, σάφ' ἴσθ', οὐκ ἄλλος· ὁμολογῶ τάδε.

{ΦΙ.}

ἀπόδος, ἄφες μοι, παῖ, τὰ τόξα.

{ΟΔ.}

τοῦτο μέν,
οὐδ' ἢν θέλῃ, δράσει ποτ'· ἀλλὰ καὶ σὲ δεῖ
στείχειν ἅμ' αὐτοῖς, ἢ βίᾳ στελοῦσί σε.

{ΦΙ.}

ἔμ', ὦ κακῶν κάκιστε καὶ τολμήστατε,
οἵδ' ἐκ βίας ἄξουσιν;

{ΟΔ.}

985 ἢν μὴ ἕρπῃς ἑκών.

{ΦΙ.}

ὦ Λημνία χθὼν καὶ τὸ παγκρατὲς σέλας
Ἡφαιστότευκτον, ταῦτα δῆτ' ἀνασχετά,
εἴ μ' οὗτος ἐκ τῶν σῶν ἀπάξεται βίᾳ;

{ΟΔ.}

Ζεύς ἐσθ', ἵν' εἰδῇς, Ζεύς, ὁ τῆσδε γῆς κρατῶν,

ODISSEU

Odisseu sou eu, sabe-o bem, este que vês.

FILOCTETES

Oímoi! Estou vendido, perdi! Ora, era este
quem me prendeu e me separou das armas.

ODISSEU

980   Eu, sabe claro, não outro; isso reconheço.

FILOCTETES

Dá, entrega-me as armas, filho!

ODISSEU

Isso,
se queres, farei afinal, mas é necessário
que venhas conosco ou levam-te à força.

FILOCTETES

A mim, ó pior dos maus e o mais ousado,
esses levarão à força?

ODISSEU

985   Se por ti não vieres.

FILOCTETES

Ó lêmnio solo e o onipotente brilho
feito de Hefesto, isso é insuportável,
se dos teus esse aí me afastar à força.

ODISSEU

Zeus é, para que o saibas, rei da terra,

990   Ζεύς, ᾧ δέδοκται ταῦθ᾽· ὑπηρετῶ δ᾽ ἐγώ.

{ΦΙ.}

ὦ μῖσος, οἷα κἀξανευρίσκεις λέγειν·
θεοὺς προτείνων τοὺς θεοὺς ψευδεῖς τίθης.

{ΟΔ.}

οὔκ, ἀλλ᾽ ἀληθεῖς. ἡ δ᾽ ὁδὸς πορευτέα.

{ΦΙ.}

οὔ φημ᾽.

{ΟΔ.}

         ἐγὼ δέ φημί. πειστέον τάδε.

{ΦΙ.}
995   οἴμοι τάλας. ἡμᾶς μὲν ὡς δούλους σαφῶς
πατὴρ ἄρ᾽ ἐξέφυσεν οὐδ᾽ ἐλευθέρους.

{ΟΔ.}

οὔκ, ἀλλ᾽ ὁμοίους τοῖς ἀριστεῦσιν, μεθ᾽ ὧν
Τροίαν σ᾽ ἑλεῖν δεῖ καὶ κατασκάψαι βίᾳ.

{ΦΙ.}

οὐδέποτέ γ᾽· οὐδ᾽ ἢν χρῇ με πᾶν παθεῖν κακόν,
1000   ἕως γ᾽ ἂν ᾖ μοι γῆς τόδ᾽ αἰπεινὸν βάθρον.

{ΟΔ.}

τί δ᾽ ἐργασείεις;

{ΦΙ.}

         κρᾶτ᾽ ἐμὸν τόδ᾽ αὐτίκα
πέτρᾳ πέτρας ἄνωθεν αἱμάξω πεσών.

990   Zeus assim decidiu e estou a serviço.

FILOCTETES

Ó odioso, como ainda inventas falas!
Se alegas Deuses fazes falsos Deuses.

ODISSEU

Não, mas verazes. A viagem há de ir.

FILOCTETES

Nego.

ODISSEU

Digo que hás de te persuadir.

FILOCTETES

995   *Oímoi*, mísero! O pai qual serviçais
claramente nos fez, não varões livres.

ODISSEU

Não, mas símeis aos bravos com quem
tu deves tomar e devastar Troia à força.

FILOCTETES

Nunca, ainda que deva sofrer todo mal
1000   enquanto eu estiver neste íngreme chão!

ODISSEU

Que queres fazer?

FILOCTETES

Já vou sangrar esta
cabeça ao cair do alto da pedra na pedra.

{ΟΔ.}

ξυλλάβετον αὐτόν· μὴ 'πὶ τῷδ' ἔστω τάδε.

{ΦΙ.}

ὦ χεῖρες, οἷα πάσχετ' ἐν χρείᾳ φίλης
1005 νευρᾶς, ὑπ' ἀνδρὸς τοῦδε συνθηρώμεναι.
ὦ μηδὲν ὑγιὲς μηδ' ἐλεύθερον φρονῶν,
οἷ' αὖ μ' ὑπῆλθες, ὥς μ' ἐθηράσω, λαβὼν
πρόβλημα σαυτοῦ παῖδα τόνδ' ἀγνῶτ' ἐμοί,
ἀνάξιον μὲν σοῦ, κατάξιον δ' ἐμοῦ,
1010 ὃς οὐδὲν ᾔδει πλὴν τὸ προσταχθὲν ποεῖν,
δῆλος δὲ καὶ νῦν ἐστιν ἀλγεινῶς φέρων
οἷς τ' αὐτὸς ἐξήμαρτεν οἷς τ' ἐγὼ 'παθον.
ἀλλ' ἡ κακὴ σὴ διὰ μυχῶν βλέπουσ' ἀεὶ
ψυχή νιν ἀφυᾶ τ' ὄντα κοὐ θέλονθ' ὅμως
1015 εὖ προὐδίδαξεν ἐν κακοῖς εἶναι σοφόν.
καὶ νῦν ἔμ', ὦ δύστηνε, συνδήσας νοεῖς
ἄγειν ἀπ' ἀκτῆς τῆσδ', ἐν ᾗ με προὔβάλου
ἄφιλον ἐρῆμον ἄπολιν ἐν ζῶσιν νεκρόν.
φεῦ.
ὄλοιο· καίτοι πολλάκις τόδ' ηὐξάμην.
1020 ἀλλ' οὐ γὰρ οὐδὲν θεοὶ νέμουσιν ἡδύ μοι,
σὺ μὲν γέγηθας ζῶν, ἐγὼ δ' ἀλγύνομαι
τοῦτ' αὔθ' ὅτι ζῶ σὺν κακοῖς πολλοῖς τάλας,
γελώμενος πρὸς σοῦ τε καὶ τῶν Ἀτρέως
διπλῶν στρατηγῶν, οἷς σὺ ταῦθ' ὑπηρετεῖς.
1025 καίτοι σὺ μὲν κλοπῇ τε κἀνάγκῃ ζυγεὶς
ἔπλεις ἅμ' αὐτοῖς, ἐμὲ δὲ τὸν πανάθλιον
ἑκόντα πλεύσανθ' ἑπτὰ ναυσὶ ναυβάτην
ἄτιμον ἔβαλον, ὡς σὺ φής, κεῖνοι δὲ σέ.
καὶ νῦν τί μ' ἄγετε; τί μ' ἀπάγεσθε; τοῦ χάριν;
1030 ὃς οὐδέν εἰμι καὶ τέθνηχ' ὑμῖν πάλαι.
πῶς, ὦ θεοῖς ἔχθιστε, νῦν οὐκ εἰμί σοι

ODISSEU
Prendei-o para que isso não lhe aconteça!

FILOCTETES
Ó mãos, como padeceis na falta do meu
1005 arco, uma vez capturadas por este varão!
Ó tu que não pensas nada são nem livre,
outra vez me lograste, capturaste usando
como escudo este moço para mim ignoto
que não é símil a ti, mas sim símil a mim,
1010 quem nada sabia senão cumprir mandado,
e mostra agora que suporta com aflição
o que foi seu erro e o que foi minha dor.
Mas teu espírito maligno, sempre vígil
dos sigilos, bem o ensinou a ser hábil
1015 em maldades, ainda que inábil e invito.
Agora, ó perverso, me prendes e pensas
levar-me desta orla onde me abandonaste
a sós, ermo, sem urbe, morto entre vivos.
Pheû!
Morras! Mas já imprequei muitas vezes.
1020 Os Deuses, porém, nada me dão suave,
tu rejubilas com a vida, mas eu me aflijo
com isso porque vivo com muitos males
mísero, de que rides tu e os dois Atridas
condutores de tropa, aos quais tu serves.
1025 Todavia tu submisso a fraude e coerção
navegas com eles, a mim de todo mísero
voluntário navegador junto a sete navios
sem honras baniram e, dizes, eles a ti.
Por que ora me levais? Por que me raptais?
1030 Por quê? Nada sou, morto por vós outrora.
Ó odioso aos Deuses, agora como não sou

χωλός, δυσώδης; πῶς θεοῖς ἔξεστ᾽, ὁμοῦ
πλεύσαντος, αἴθειν ἱερά; πῶς σπένδειν ἔτι;
[αὕτη γὰρ ἦν σοι πρόφασις ἐκβαλεῖν ἐμέ.]
1035   κακῶς ὄλοισθ᾽· ὀλεῖσθε δ᾽ ἠδικηκότες
τὸν ἄνδρα τόνδε, θεοῖσιν εἰ δίκης μέλει.
ἔξοιδα δ᾽ ὡς μέλει γ᾽· ἐπεὶ οὔποτ᾽ ἂν στόλον
ἐπλεύσατ᾽ ἂν τόνδ᾽ οὕνεκ᾽ ἀνδρὸς ἀθλίου –
εἰ μή τι κέντρον θεῖον ἦγ᾽ ὑμᾶς – ἐμοῦ.
1040   ἀλλ᾽, ὦ πατρῷα γῆ θεοί τ᾽ ἐπόψιοι,
τείσασθε τείσασθ᾽ ἀλλὰ τῷ χρόνῳ ποτὲ
ξύμπαντας αὐτούς, εἴ τι κἄμ᾽ οἰκτίρετε.
ὡς ζῶ μὲν οἰκτρῶς, εἰ δ᾽ ἴδοιμ᾽ ὀλωλότας
τούτους, δοκοῖμ᾽ ἂν τῆς νόσου πεφευγέναι.

{ΧΟ.}
1045   βαρύς τε καὶ βαρεῖαν ὁ ξένος φάτιν
τήνδ᾽ εἶπ᾽, Ὀδυσσεῦ, κοὐχ ὑπείκουσαν κακοῖς.

{ΟΔ.}
πόλλ᾽ ἂν λέγειν ἔχοιμι πρὸς τὰ τοῦδ᾽ ἔπη,
εἴ μοι παρείκοι· νῦν δ᾽ ἑνὸς κρατῶ λόγου.
οὐ γὰρ τοιούτων δεῖ, τοιοῦτός εἰμ᾽ ἐγώ·
1050   χὤπου δικαίων κἀγαθῶν ἀνδρῶν κρίσις,
οὐκ ἂν λάβοις μου μᾶλλον οὐδέν᾽ εὐσεβῆ.
νικᾶν γε μέντοι πανταχοῦ χρῄζων ἔφυν,
πλὴν ἐς σέ· νῦν δὲ σοί γ᾽ ἑκὼν ἐκστήσομαι.
ἄφετε γὰρ αὐτόν, μηδὲ προσψαύσητ᾽ ἔτι.
1055   ἐᾶτε μίμνειν. οὐδὲ σοῦ προσχρῄζομεν,
τά γ᾽ ὅπλ᾽ ἔχοντες ταῦτ᾽· ἐπεὶ πάρεστι μὲν
Τεῦκρος παρ᾽ ἡμῖν, τήνδ᾽ ἐπιστήμην ἔχων,
ἐγώ θ᾽, ὃς οἶμαι σοῦ κάκιον οὐδὲν ἂν
τούτων κρατύνειν, μηδ᾽ ἐπιθύνειν χερί.

manco, fétido? Como poderás acender ara
aos Deuses tendo-me a bordo? Como libar?
Pois isso era o que alegavas para me banir.
1035 Morrais mal! Morrereis por ter sido injustos
com este varão, se justiça importa aos Deuses.
Sei que importa, pois vós não teríeis navegado
nessa expedição por causa de varão miserável,
por mim, se ferrão divino não vos conduzisse.
1040 Todavia, ó terra paternal e Deuses vigilantes,
puni-os vós, puni-os vós a todos eles, um dia
a tempo, se tendes de mim alguma compaixão.
Assim vivo nesta miséria, mas se eu os visse
destruídos, creria ter escapado desta doença.

CORO

1045 Grave é o forasteiro e grave é a palavra que
proferiu, Odisseu, e não concessiva aos males.

ODISSEU

Muito eu poderia dizer frente a essas palavras,
se me permitisse, mas agora tenho única fala.
Pois onde tais são necessários, tal lá estou eu.
1050 Onde se discernem os justos e bravos varões
não haveria ninguém mais piedoso do que eu.
Nasci na necessidade de vencer por toda parte,
exceto a ti. Agora de bom grado te excluirei.
Soltai-o vós, e não mais o toqueis! Deixai-o
1055 ficar aqui. Dele não mais temos necessidade,
se temos estas armas, porque temos presente
Teucro conosco, detentor desta competência,
e eu, que suponho não ser nada inferior a ti
no domínio do arco nem na sua manipulação.

ΦΙΛΟΚΤΗΤΗΣ

1060 τί δῆτα σοῦ δεῖ; χαῖρε τὴν Λῆμνον πατῶν.
ἡμεῖς δ᾿ ἴωμεν· καὶ τάχ᾿ ἂν τὸ σὸν γέρας
τιμὴν ἐμοὶ νείμειεν, ἣν σὲ χρῆν ἔχειν.

{ΦΙ.}

οἴμοι· τί δράσω δύσμορος; σὺ τοῖς ἐμοῖς
ὅπλοισι κοσμηθεὶς ἐν Ἀργείοις φανῇ;

{ΟΔ.}
1065 μή μ᾿ ἀντιφώνει μηδέν, ὡς στείχοντα δή.

{ΦΙ.}

ὦ σπέρμ᾿ Ἀχιλλέως, οὐδὲ σοῦ φωνῆς ἔτι
γενήσομαι προσφθεγκτός, ἀλλ᾿ οὕτως ἄπει;

{ΟΔ.}

χώρει σύ· μὴ πρόσλευσσε, γενναῖός περ ὤν,
ἡμῶν ὅπως μὴ τὴν τύχην διαφθερεῖς.

{ΦΙ.}
1070 ἦ καὶ πρὸς ὑμῶν ὧδ᾿ ἐρῆμος, ὦ ξένοι,
λειφθήσομαι δὴ κοὐκ ἐποικτιρεῖτέ με;

{ΧΟ.}

ὅδ᾿ ἐστὶν ἡμῶν ναυκράτωρ ὁ παῖς. ὅσ᾿ ἂν
οὗτος λέγῃ σοι, ταῦτά σοι χἠμεῖς φαμεν.

{ΝΕ.}

ἀκούσομαι μὲν ὡς ἔφυν οἴκτου πλέως
1075 πρὸς τοῦδ᾿· ὅμως δὲ μείνατ᾿, εἰ τούτῳ δοκεῖ,
χρόνον τοσοῦτον εἰς ὅσον τά τ᾿ ἐκ νεὼς
στείλωσι ναῦται καὶ θεοῖς εὐξώμεθα.

1060 Por que serias necessário? Aproveite Lemnos.
Nós partiremos. Talvez este teu privilégio
nos dê a honraria que tu deverias receber.

FILOCTETES
Oímoi! Infausto, que fazer? Tu equipado
de minhas armas te mostrarás aos aqueus.

ODISSEU
1065 Não me respondas nada, pois estou indo.

FILOCTETES
Ó filho de Aquiles, por tua voz não mais
serei interpelado, mas assim tu partirás?

ODISSEU
Caminha tu! Não fiques olhando! Ainda
que sejas nobre, não nos destruas a sorte!

FILOCTETES
1070 Também por vós tão ermo, ó forasteiros,
serei abandonado? Não vos apiedareis?

CORO
Este jovem é o nosso comandante. Tudo
que ele te disser, nós também te diremos.

NEOPTÓLEMO
Ouvirei deste varão que fui cheio de dó.
1075 Por ora, porém, permanecei, se lhe praz,
durante o tempo em que os marinheiros
aprontem os navios e oremos aos Deuses.

145

χοὖτος τάχ' ἂν φρόνησιν ἐν τούτῳ λάβοι
λῴω τιν' ἡμῖν. νὼ μὲν οὖν ὁρμώμεθον,
1080   ὑμεῖς δ', ὅταν καλῶμεν, ὁρμᾶσθαι ταχεῖς.

Talvez nesse ínterim ele ainda nos tenha
em melhor conta. Ambos nós nos vamos,
1080 e vós, quando chamamos, vinde velozes.

{ΦΙ.}

{STR. 1.} ὦ κοίλας πέτρας γύαλον
θερμὸν καὶ παγετῶδες, ὥς
σ᾽ οὐκ ἔμελλον ἄρ᾽, ὦ τάλας,
λείψειν οὐδέποτ᾽, ἀλλά μοι
1085 καὶ θνῄσκοντι συνείσῃ.
ὤμοι μοί μοι.
ὦ πληρέστατον αὔλιον
λύπας τᾶς ἀπ᾽ ἐμοῦ τάλαν,
τίπτ᾽ αὖ μοι τὸ κατ᾽ ἦμαρ ἔσται;
1900 τοῦ ποτε τεύξομαι
σιτονόμου μέλεος πόθεν ἐλπίδος;
ἴθ᾽ αἱ πρόσθ᾽ ἄνω
πτωκάδες ὀξυτόνου διὰ πνεύματος·
ἄλωσιν οὐκέτ᾽ ἴσχω.

{ΧΟ.}

1095 σύ τοι κατηξίωσας, ὦ βαρύποτμε, κοὐκ
ἄλλοθεν ἁ τύχα ἅδ᾽ ἀπὸ μείζονος·
εὖτέ γε παρὸν φρονῆσαι
1100 τοῦ λωίονος δαίμονος εἵλου τὸ κάκιον αἰνεῖν.

{ΦΙ.}

{ANT. 1.} ὦ τλάμων τλάμων ἄρ᾽ ἐγὼ
καὶ μόχθῳ λωβατός, ὃς ἤ-
δη μετ᾽ οὐδενὸς ὕστερον
ἀνδρῶν εἰσοπίσω τάλας
1105 ναίων ἐνθάδ᾽ ὀλοῦμαι,
αἰαῖ αἰαῖ,

[SEGUNDO *KOMMÓS* EM VEZ DE ESTÁSIMO (1081-1217)]

FILOCTETES

EST.1 Ó cavidade de côncava pedra
cálida e gelada, assim nunca
jamais deveria eu, oh mísero,
deixar-te, mas conviverás
1085 comigo, ainda que morto.
Ómoi moí moi!
Ó moradia a mais plena
de dores minhas, mísera,
o que a cada dia terei?
1090 Que esperança vã
de víveres terei afinal?
Ide-vos aves antes altas
através de vento estrídulo,
não posso mais caçar.

CORO

1095 Tu estimaste, ó infausto, e essa
sorte não vem mais de alhures
quando sendo possível pensar
1100 preferiste o pior ao melhor Nume.

FILOCTETES

ANT.1 Oh mísero, miserável sou eu
e ferido de fadiga, quem
doravante sem o convívio
de varão nenhum, mísero
1105 aqui sucumbirei,
aiaî aiaî!

οὐ φορβὰν ἔτι προσφέρων,
οὐ πτανῶν ἀπ' ἐμῶν ὅπλων
1110 κραταιαῖς μετὰ χερσὶν ἴσχων·
ἀλλά μοι ἄσκοπα
κρυπτά τ' ἔπη δολερᾶς ὑπέδυ φρενός·
ἰδοίμαν δέ νιν,
τὸν τάδε μησάμενον, τὸν ἴσον χρόνον
1115 ἐμὰς λαχόντ' ἀνίας.

{ΧΟ.}

πότμος σε δαιμόνων τάδ', οὐδὲ σέ γε δόλος
ἔσχ' ὑπὸ χειρὸς ἐμᾶς· στυγερὰν ἔχε
1120 δύσποτμον ἀρὰν ἐπ' ἄλλοις.
καὶ γὰρ ἐμοὶ τοῦτο μέλει, μὴ φιλότητ' ἀπώσῃ.

{ΦΙ.}
{STR. 2.} οἴμοι μοι, καί που πολιᾶς
πόντου θινὸς ἐφήμενος,
1125 γελᾷ μου, χερὶ πάλλων
τὰν ἐμὰν μελέου τροφάν,
τὰν οὐδείς ποτ' ἐβάστασεν.
ὦ τόξον φίλον, ὦ φίλων
χειρῶν ἐκβεβιασμένον,
1130 ἦ που ἐλεινὸν ὁρᾷς, φρένας εἴ τινας
ἔχεις, τὸν Ἡράκλειον
ἄθλιον ὧδέ σοι
οὐκέτι χρησόμενον τὸ μεθύστερον,
ἀλλ' ἐν μεταλλαγᾷ <χεροῖν>
1135 πολυμηχάνου ἀνδρὸς ἐρέσσῃ,
ὁρῶν μὲν αἰσχρὰς ἀπάτας,
στυγνόν τε φῶτ' ἐχθοδοπόν,
μυρί' ἀπ' αἰσχρῶν ἀνατέλ-
λονθ' ὅσ' ἐφ' ἡμῖν κάκ' ἐμήσατ' ἔργων.

FILOCTETES

não mais provido do pasto
de aves por minhas armas
1110 com as poderosas mãos.
Mas invisíveis me vieram
surdas falas de doloso tino,
e visse eu o inventor disto
por igual tempo
1115 sofrer o meu mal!

CORO

O lance de Numes, não dolo
de nossa mão, assim te tem;
1120 impreca sorte hórrida a outros!
Disto cuido, não rejeites amizade!

FILOCTETES

EST.2 *Oímoi moi,* sentado algures
na grisalha praia marinha
1125 ri de mim brandindo na mão
o meio de me nutrir mísero
que jamais ninguém susteve.
Ó meu arco, de minhas
mãos tirado à força,
1130 se tens algum tino talvez
vejas não te usar mais
o mísero herdeiro de Héracles
mas na mudança de mãos
és remo de varão multíscio
1135 e vês vexaminosa fraude
e horrendo varão execrável
causa de mil males tramados
e lavrados por ele contra nós.

{XO.}

1140 ἀνδρός τοι τὸ μὲν ὂν δίκαιον εἰπεῖν,
εἰπόντος δὲ μὴ φθονερὰν
ἐξῶσαι γλώσσας ὀδύναν.
κεῖνος δ᾽ εἷς ἀπὸ πολλῶν
ταχθεὶς τοῦδ᾽ ἐφημοσύνα
1145 κοινὰν ἤνυσεν ἐς φίλους ἀρωγάν.

{ΦΙ.}

{ΑΝΤ. 2.} ὦ πταναὶ θῆραι χαροπῶν τ᾽
ἔθνη θηρῶν, οὓς ὅδ᾽ ἔχει
χῶρος οὑρεσιβώτας,
φυγᾷ μηκέτ᾽ ἀπ᾽ αὐλίων
1150 ἐλᾶτ᾽· οὐ γὰρ ἔχω χεροῖν
τὰν πρόσθεν βελέων ἀλκάν,
ὦ δύστανος ἐγὼ τανῦν.
ἀλλ᾽ ἀνέδην – ὅδε χωλὸς ἐρύκομαι,
οὐκέτι φοβητὸς ὑμῖν –
1155 ἕρπετε, νῦν καλὸν
ἀντίφονον κορέσαι στόμα πρὸς χάριν
ἐμᾶς <γ᾽> σαρκὸς αἰόλας.
ἀπὸ γὰρ βίον αὐτίκα λείψω·
πόθεν γὰρ ἔσται βιοτά;
1160 τίς ὧδ᾽ ἐν αὔραις τρέφεται,
μηκέτι μηδενὸς κρατύ-
νων ὅσα πέμπει βιόδωρος αἶα;

{XO.}

πρὸς θεῶν, εἴ τι σέβῃ ξένον, πέλασσον,
εὐνοίᾳ πάσᾳ πελάταν·
1165 ἀλλὰ γνῶθ᾽, εὖ γνῶθ᾽· ἐπὶ σοὶ
κῆρα τάνδ᾽ ἀποφεύγειν.
οἰκτρὰ γὰρ βόσκειν, ἀδαὴς δ᾽
ὀχεῖν μυρίον ἄχθος ᾧ ξυνοικεῖ.

CORO

1140 Viril é dizer o que sim é justo,
e ao dizer não expelir da língua
a rancorosa mágoa. Ele, um
dentre muitos, incumbido desta
1145 ordem, foi o defensor dos seus.

FILOCTETES

ANT.2 Ó aladas caças e bando de feras
de rútilos olhos, que este lugar
mantém alimentadas no monte,
não vades em fuga da moradia,
1150 pois não tenho em minhas mãos
a antiga proteção dos projéteis,
oh infeliz de mim agora!
Mas livres, impedido o manco,
não mais temível para vós,
1155 avançai! Agora é magnífica
pena de morte saciar a boca
graças a minha móbil carne.
1160 Pois logo deixarei a vida,
donde os víveres virão?
Quem de brisas se nutre
sem dominar mais nada
que a vivífica terra envia?

CORO

Por Deuses, se respeitas forasteiro,
aproxima-te com toda benevolência,
1165 mas sabe, bem sabe em ti
está escapar desta Cisão
mísera de nutrir e ignara
de levar mil dores consigo.

153

{ΦΙ.}

{ΕΡ.} πάλιν πάλιν παλαιὸν ἄλ-
γημ᾽ ὑπέμνασας, ὦ 1170
λῷστε τῶν πρὶν ἐντόπων.
τί μ᾽ ὤλεσας; τί μ᾽ εἴργασαι;

{ΧΟ.}

τί τοῦτ᾽ ἔλεξας;

{ΦΙ.}

εἰ σὺ τὰν ἐμοὶ
1175 στυγερὰν Τρῳάδα γᾶν μ᾽ ἤλπισας ἄξειν.

{ΧΟ.}

τόδε γὰρ νοῶ κράτιστον.

{ΦΙ.}

ἀπό νύν με λείπετ᾽ ἤδη.

{ΧΟ.}

φίλα μοι, φίλα ταῦτα παρήγγει-
λας ἑκόντι τε πράσσειν.
ἴωμεν ἴωμεν
1180 ναὸς ἵν᾽ ἡμῖν τέτακται.

{ΦΙ.}

μή, πρὸς ἀραίου Διός, ἔλ-
θῃς, ἱκετεύω.

{ΧΟ.}

μετρίαζ᾽.

FILOCTETES

EPODO Outra vez outra velha dor
1170   lembraste, ó tu o melhor
     dos presentes antes aqui.
     Por que me matas? Que me fazes?

CORO

     O que dizes?

FILOCTETES

            Se tu creste que me
1175   conduzirias à horrenda terra troiana.

CORO

     Pois observo que assim é o melhor.

FILOCTETES

     Deixa-me, então, já!

CORO

     Grata a mim, grata ordem tu me
     deste a mim pronto para cumprir.
     Vamos! Vamos
1180   ao posto que temos do navio!

FILOCTETES

     Não, por Zeus imprecado!
     Vem, suplico.

CORO

           Modera-te!

{ΦΙ.}

    ὦ ξένοι,

1185   μείνατε, πρὸς θεῶν.

{ΧΟ.}

                  Τί θροεῖς;

{ΦΙ.}

    αἰαῖ αἰαῖ,
    δαίμων δαίμων· ἀπόλωλ᾽ ὁ τάλας·
    ὦ πούς, πούς, τί σ᾽ ἔτ᾽ ἐν βίῳ
    τεύξω τῷ μετόπιν, τάλας;

1190   ὦ ξένοι, ἔλθετ᾽ ἐπήλυδες αὖθις.

{ΧΟ.}

    τί ῥέξοντες ἀλλόκοτος
    γνώμᾳ τῶν πάρος ἂν προφαίνες;

{ΦΙ.}

    οὔτοι νεμεσητὸν
    ἀλύοντα χειμερίῳ

1195   λύπᾳ καὶ παρὰ νοῦν θροεῖν.

{ΧΟ.}

    βᾶθί νυν, ὦ τάλαν, ὥς σε κελεύομεν.

{ΦΙ.}

    οὐδέποτ᾽ οὐδέποτ᾽, ἴσθι τόδ᾽ ἔμπεδον,
    οὐδ᾽ εἰ πυρφόρος ἀστεροπητὴς
    βροντᾶς αὐγαῖς μ᾽ εἶσι φλογίζων.

1200   ἐρρέτω Ἴλιον, οἵ θ᾽ ὑπ᾽ ἐκείνῳ
    πάντες ὅσοι τόδ᾽ ἔτλασαν ἐμοῦ ποδὸς

FILOCTETES

Ó forasteiros,

1185 ficai, por Deuses!

CORO

Que dizes?

FILOCTETES

Aiaî aiaî!
Nume, Nume, mísero morro!
Ó pé, pé, o que ainda na vida
farei contigo no porvir, mísero?

1190 Ó forasteiros, voltai vós, ádvenas!

CORO

Para fazer o quê? Mostras agora
sentimento diverso do anterior.

FILOCTETES

Não se repreende turvo de dor

1195 tempestuosa gritar fora de si.

CORO

Vem, ó misero, como te exortamos!

FILOCTETES

Nunca, nunca, sabe-o com certeza,
nem se o ignífero fulminante com
raios de trovão me vier queimando!

1200 Danem-se Ílion e quantos sob Ílion
todos os que rejeitaram esta juntura

ἄρθρον ἀπῶσαι.
ὦ ξένοι, ἕν γέ μοι εὖχος ὀρέξατε.

{ΧΟ.}
ποῖον ἐρεῖς τόδ᾽ ἔπος;

{ΦΙ.}
                              ξίφος, εἴ ποθεν,
1205 ἢ γένυν ἢ βελέων τι, προπέμψατε.

{ΧΟ.}
ὡς τίνα <δὴ> ῥέξῃς παλάμαν ποτέ;

{ΦΙ.}
κρᾶτ᾽ καὶ ἄρθρ᾽ ἀπὸ πάντα τέμω χερί·
φονᾷ φονᾷ νόος ἤδη.

{ΧΟ.}
1210 τί ποτε;

{ΦΙ.}
             πατέρα ματεύων.

{ΧΟ.}
ποῖ γᾶς;

{ΦΙ.}
             ἐς Ἅιδου.
οὐ γὰρ ἔστ᾽ ἐν φάει γ᾽ ἔτι.
ὦ πόλις πόλις πατρία,
πῶς ἂν εἰσίδοιμ᾽
ἄθλιός σ᾽ ἀνήρ,

de meu pé!
Ó forasteiros, concedei-me o que peço!

CORO

Que palavra dirás?

FILOCTETES

                    Faca, se tendes,
1205   ou machado, ou um dardo, fornecei!

CORO

Para que faças então que façanha?

FILOCTETES

Cortar com a mão cabeça e junta.
Morte, morte é o intento.

CORO

1210   Por quê?

FILOCTETES

                    Em busca do pai.

CORO

Onde?

FILOCTETES

                    Junto de Hades,
pois não é mais à luz.
Ó urbe, ó urbe pátria,
como te veria eu,
que, mísero varão,

ΦΙΛΟΚΤΗΤΗΣ

1215   ὅς γε σὰν λιπὼν ἱερὰν
λιβάδ᾽ ἐχθροῖς ἔβαν Δαναοῖς
ἀρωγός· ἔτ᾽ οὐδέν εἰμι.

1215 deixei a sacra fonte
e fui auxiliar dânaos?
Eu nada mais sou.

[{XO.}

ἐγὼ μὲν ἤδη καὶ πάλαι νεὼς ὁμοῦ
στείχων ἂν ἦν σοι τῆς ἐμῆς, εἰ μὴ πέλας
1220 *Ὀδυσσέα στείχοντα τόν τ' Ἀχιλλέως*
γόνον πρὸς ἡμᾶς δεῦρ' ἰόντ' ἐλεύσσομεν.]

{ΟΔ.}

οὐκ ἂν φράσειας ἥντιν' αὖ παλίντροπος
κέλευθον ἕρπεις ὧδε σὺν σπουδῇ ταχύς;

{ΝΕ.}

λύσων ὅσ' ἐξήμαρτον ἐν τῷ πρὶν χρόνῳ.

{ΟΔ.}
1225 *δεινόν γε φωνεῖς· ἡ δ' ἁμαρτία τίς ἦν;*

{ΝΕ.}

ἣν σοὶ πιθόμενος τῷ τε σύμπαντι στρατῷ –

{ΟΔ.}

ἔπραξας ἔργον ποῖον ὧν οὔ σοι πρέπον;

{ΝΕ.}

ἀπάταισιν αἰσχραῖς ἄνδρα καὶ δόλοις ἑλών.

{ΟΔ.}

τὸν ποῖον; ὤμοι· μῶν τι βουλεύῃ νέον;

[ÊXODO (1218-1471)]

CORO
> Eu já estaria perto de meu navio
> se não tivesse avistado Odisseu
> 1220   e o filho de Aquiles caminhando
> vindo para cá em nossa direção.

ODISSEU
> Não me dirias por que de volta
> caminhas tão rápido com pressa?

NEOPTÓLEMO
> Para resolver meu erro de antes.

ODISSEU
> 1225   Terrível o que dizes. Qual erro?

NEOPTÓLEMO
> Que confiado em ti e na tropa toda...

ODISSEU
> Fizeste que ato que não te convém?

NEOPTÓLEMO
> Prender varão com fraude vil e dolo.

ODISSEU
> O quê? *Ómoi!* Tens nova decisão?

{ΝΕ.}

1230   νέον μὲν οὐδέν, τῷ δὲ Ποίαντος τόκῳ –

{ΟΔ.}

τί χρῆμα δράσεις; ὥς μ᾽ ὑπῆλθέ τις φόβος.

{ΝΕ.}

παρ᾽ οὗπερ ἔλαβον τάδε τὰ τόξ᾽, αὖθις πάλιν –

{ΟΔ.}

ὦ Ζεῦ, τί λέξεις; οὔ τί που δοῦναι νοεῖς;

{ΝΕ.}

αἰσχρῶς γὰρ αὐτὰ κοὐ δίκῃ λαβὼν ἔχω.

{ΟΔ.}

1235   πρὸς θεῶν, πότερα δὴ κερτομῶν λέγεις τάδε;

{ΝΕ.}

εἰ κερτόμησίς ἐστι τἀληθῆ λέγειν.

{ΟΔ.}

Τί φής, Ἀχιλλέως παῖ; τίν᾽ εἴρηκας λόγον;

{ΝΕ.}

δὶς ταὐτὰ βούλῃ καὶ τρὶς ἀναπολεῖν μ᾽ ἔπη;

{ΟΔ.}

ἀρχὴν κλύειν ἂν οὐδ᾽ ἅπαξ ἐβουλόμην.

{ΝΕ.}

1240   εὖ νῦν ἐπίστω πάντ᾽ ἀκηκοὼς λόγον.

NEOPTÓLEMO

1230   Não é nova, mas à prole de Peante...

ODISSEU

Que farás? Assim um pavor me veio.

NEOPTÓLEMO

De quem tive este arco, vai de volta...

ODISSEU

Oh Zeus, que dirás? Não pensas dá-lo?

NEOPTÓLEMO

Estou aviltado se o tenho sem justiça.

ODISSEU

1235   Por Deuses, que injúrias dizes assim?

NEOPTÓLEMO

Se é injúria o fato de dizer a verdade.

ODISSEU

Filho de Aquiles, que dizes? Que foi?

NEOPTÓLEMO

Queres que eu repita duas ou três vezes?

ODISSEU

Não queria ouvir nem mesmo uma vez.

NEOPTÓLEMO

1240   Bem sabe agora que ouviste a fala toda.

{ΟΔ.}

    ἔστιν τις ἔστιν ὅς σε κωλύσει τὸ δρᾶν.

{ΝΕ.}

    τί φής; τίς ἔσται μ᾽ οὑπικωλύσων τάδε;

{ΟΔ.}

    ξύμπας Ἀχαιῶν λαός, ἐν δὲ τοῖς ἐγώ.

{ΝΕ.}

    σοφὸς πεφυκὼς οὐδὲν ἐξαυδᾷς σοφόν.

{ΟΔ.}

1245   σὺ δ᾽ οὔτε φωνεῖς οὔτε δρασείεις σοφά.

{ΝΕ.}

    ἀλλ᾽ εἰ δίκαια, τῶν σοφῶν κρείσσω τάδε.

{ΟΔ.}

    καὶ πῶς δίκαιον, ἅ γ᾽ ἔλαβες βουλαῖς ἐμαῖς,
    πάλιν μεθεῖναι ταῦτα;

{ΝΕ.}

                  τὴν ἁμαρτίαν
    αἰσχρὰν ἁμαρτὼν ἀναλαβεῖν πειράσομαι.

{ΟΔ.}

1250   στρατὸν δ᾽ Ἀχαιῶν οὐ φοβῇ, πράσσων τάδε;

{ΝΕ.}

    ξὺν τῷ δικαίῳ τὸν σὸν οὐ ταρβῶ <στρατόν.

ODISSEU

Alguém há, alguém há que te impedirá.

NEOPTÓLEMO

Que dizes? Quem há de me impedir isso?

ODISSEU

Todo o povo aqueu, e parte dele, eu.

NEOPTÓLEMO

Hábil nato, não disseste nada hábil.

ODISSEU

1245   Tu nem dizes nem farias algo hábil.

NEOPTÓLEMO

Mas se justo, é melhor do que hábil.

ODISSEU

Como justo dá-lo de volta, se o tens
por meu tino?

NEOPTÓLEMO

Se este desacerto
vergonhoso cometi, tentarei reparar.

ODISSEU

1250   Não temes a tropa aqueia, ao fazê-lo?

NEOPTÓLEMO

Com a justiça, não temo a tua tropa.

{ΟΔ.}

x – ∪ – x – ∪ – x – ∪ – > φόβον.

{ΝΕ.}

ἀλλ᾽ οὐδέ τοι σῇ χειρὶ πείθομαι τὸ δρᾶν.

{ΟΔ.}

οὔ τἄρα Τρωσίν, ἀλλὰ σοὶ μαχούμεθα.

{ΝΕ.}

ἔστω τὸ μέλλον.

{ΟΔ.}

χεῖρα δεξιὰν ὁρᾷς
1255 κώπης ἐπιψαύουσαν;

{ΝΕ.}

ἀλλὰ κἀμέ τοι
ταὐτὸν τόδ᾽ ὄψῃ δρῶντα κοὐ μέλλοντ᾽ ἔτι.

{ΟΔ.}

καίτοι σ᾽ ἐάσω· τῷ δὲ σύμπαντι στρατῷ
λέξω τάδ᾽ ἐλθών, ὅς σε τιμωρήσεται.

{ΝΕ.}

ἐσωφρόνησας· κἂν τὰ λοίφ᾽ οὕτω φρονῇς,
1260 ἴσως ἂν ἐκτὸς κλαυμάτων ἔχοις πόδα.
σὺ δ᾽, ὦ Ποίαντος παῖ, Φιλοκτήτην λέγω,
ἔξελθ᾽, ἀμείψας τάσδε πετρήρεις στέγας.

{ΦΙ.}

τίς αὖ παρ᾽ ἄντροις θόρυβος ἵσταται βοῆς;

ODISSEU

 <. . . . . > pavor.

NEOPTÓLEMO

 Mas nem tua mão obedeço ao agir.

ODISSEU

 Não troianos, mas a ti combateremos.

NEOPTÓLEMO

 Seja o porvir!

ODISSEU

     Vês a mão direita

1255 roçar o cabo?

NEOPTÓLEMO

    Mas tu me verás

 também fazer o mesmo sem tardar.

ODISSEU

 Todavia te deixarei. Irei e direi

 à tropa toda, que te há de punir.

NEOPTÓLEMO

 Foste prudente. Se fores prudente

1260 talvez tenhas os pés fora de prantos.

 Tu, filho de Peante, Filoctetes digo,

 vem fora, deixa tua pétrea morada!

FILOCTETES

 Que clamor de voz se ergue na gruta?

169

τί μ᾽ ἐκκαλεῖσθε; τοῦ κεχρημένοι, ξένοι;
1265 ὤμοι· κακὸν τὸ χρῆμα. μῶν τί μοι μέγα
πάρεστε πρὸς κακοῖσι πέμποντες κακόν;

{NE.}

θάρσει· λόγους δ᾽ ἄκουσον οὓς ἥκω φέρων.

{ΦΙ.}

δέδοικ᾽ ἔγωγε. καὶ τὰ πρὶν γὰρ ἐκ λόγων
καλῶν κακῶς ἔπραξα, σοῖς πεισθεὶς λόγοις.

{NE.}
1270 οὔκουν ἔνεστι καὶ μεταγνῶναι πάλιν;

{ΦΙ.}

τοιοῦτος ἦσθα τοῖς λόγοισι χὤτε μου
τὰ τόξ᾽ ἔκλεπτες, πιστός, ἀτηρὸς λάθρᾳ.

{NE.}

ἀλλ᾽ οὔ τι μὴν νῦν· βούλομαι δέ σου κλύειν
πότερα δέδοκταί σοι μένοντι καρτερεῖν,
1275 ἢ πλεῖν μεθ᾽ ἡμῶν.

{ΦΙ.}

παῦε, μὴ λέξῃς πέρα·
μάτην γὰρ ἂν εἴπῃς γε πάντ᾽ εἰρήσεται.

{NE.}

οὕτω δέδοκται;

{ΦΙ.}

Καὶ πέρα γ᾽ ἴσθ᾽ ἢ λέγω.

Por que me chamais? Forasteiros, que
1265 buscais? *Ómoi!* Isso é mal! Que mal
além dos males vós me viestes trazer?

NEOPTÓLEMO

Coragem! Ouve o que venho trazer!

FILOCTETES

Eu tenho medo. Antes por belas falas
me dei mal, persuadido por tuas falas.

NEOPTÓLEMO

1270 Não se pode mais repensar outra vez?

FILOCTETES

Tal também foste em tuas falas quando
me furtaste o arco, fiel, ruim às ocultas.

NEOPTÓLEMO

Mas não mais agora! Quero te ouvir,
qual decisão tomaste, resistir à espera
1275 ou navegar conosco?

FILOCTETES

                        Para! Não fales
mais! Dirás em vão tudo que disseres.

NEOPTÓLEMO

Decidido?

FILOCTETES

                        Mais do que digo! Sabe!

{NE.}

     ἀλλ' ἤθελον μὲν ἄν σε πεισθῆναι λόγοις
     ἐμοῖσιν· εἰ δὲ μή τι πρὸς καιρὸν λέγων
1280 κυρῶ, πέπαυμαι.

{ΦΙ.}

           πάντα γὰρ φράσεις μάτην·
     οὐ γάρ ποτ' εὔνουν τὴν ἐμὴν κτήσῃ φρένα,
     ὅστις γ' ἐμοῦ δόλοισι τὸν βίον λαβὼν
     ἀπεστέρηκας· κᾆτα νουθετεῖς ἐμὲ
     ἐλθών, ἀρίστου πατρὸς ἔχθιστος γεγώς.
1285 ὄλοισθ', Ἀτρεῖδαι μὲν μάλιστ', ἔπειτα δὲ
     ὁ Λαρτίου παῖς, καὶ σύ.

{NE.}

                μὴ 'πεύξῃ πέρα·
     δέχου δὲ χειρὸς ἐξ ἐμῆς βέλη τάδε.

{ΦΙ.}

     πῶς εἶπας; ἆρα δεύτερον δολούμεθα;

{NE.}

     ἀπώμοσ' ἁγνοῦ Ζηνὸς ὑψίστου σέβας.

{ΦΙ.}

1290 ὦ φίλτατ' εἰπών, εἰ λέγεις ἐτήτυμα.

{NE.}

     τοὔργον παρέσται φανερόν. ἀλλὰ δεξιὰν
     πρότεινε χεῖρα, καὶ κράτει τῶν σῶν ὅπλων.

NEOPTÓLEMO

　　Mas eu queria te persuadir com falas
　　minhas. Se não se der que fale certo
1280　eu me calo.

FILOCTETES

　　　　　　Dirás tudo em vão,
　　pois não terás meu ser benévolo,
　　tu que mediante dolo me tiraste
　　e roubaste a vida, e me advertes,
　　ó filho péssimo de exímio pai!
1285　Pereçais os Atridas, o Laercíada
　　e tu!

NEOPTÓLEMO

　　　　Não impreques mais!
　　Recebe de minha mão este arco.

FILOCTETES

　　Que dizes? Outro engano meu?

NEOPTÓLEMO

　　Juro por puro poder de Zeus sumo!

FILOCTETES

1290　Caríssimo dizes, se dizes verdade.

NEOPTÓLEMO

　　O fato é manifesto. Estende a mão
　　destra e toma posse das tuas armas!

{ΟΔ.}

> ἐγὼ δ᾿ ἀπαυδῶ γ᾿, ὡς θεοὶ ξυνίστορες,
> ὑπέρ τ᾿ Ἀτρειδῶν τοῦ τε σύμπαντος στρατοῦ.

{ΦΙ.}

1295 τέκνον, τίνος φώνημα, μῶν Ὀδυσσέως
ἐπῃσθόμην;

{ΟΔ.}

> σάφ᾿ ἴσθι· καὶ πέλας γ᾿ ὁρᾷς,
> ὅς σ᾿ ἐς τὰ Τροίας πεδί᾿ ἀποστελῶ βίᾳ,
> ἐάν τ᾿ Ἀχιλλέως παῖς ἐάν τε μὴ θέλῃ.

{ΦΙ.}

> ἀλλ᾿ οὔ τι χαίρων, ἤν τόδ᾿ ὀρθωθῇ βέλος.

{ΝΕ.}

1300 Ἆ, μηδαμῶς, μὴ πρὸς θεῶν, μὴ ᾿φῇς βέλος.

{ΦΙ.}

> μέθες με, πρὸς θεῶν, χεῖρα, φίλτατον τέκνον.

{ΝΕ.}

> οὐκ ἂν μεθείην.

{ΦΙ.}

> φεῦ· τί μ᾿ ἄνδρα πολέμιον
> ἐχθρόν τ᾿ ἀφείλου μὴ κτανεῖν τόξοις ἐμοῖς;

{ΝΕ.}

> ἀλλ᾿ οὔτ᾿ ἐμοὶ καλόν τόδ᾿ ἐστὶν οὔτε σοί.

ODISSEU

Eu nego, os Deuses são testemunhas,
em prol dos Atridas e de toda a tropa.

FILOCTETES

1295   Filho, de quem ouvi a voz? Será de
Odisseu?

ODISSEU

Sabe claro, e perto vês
quem para Troia te enviará à força,
queira o filho de Aquiles ou não.

FILOCTETES

Não impune, se dirigida esta seta.

NEOPTÓLEMO

1300   *Â!* Não, por Deuses, não atires!

FILOCTETES

Por Deuses, solta-me a mão, filho caríssimo!

NEOPTÓLEMO

Não soltaria.

FILOCTETES

Pheû! Por que me privas
de matar varão inimigo com meu arco?

NEOPTÓLEMO

Isso não é belo para ti nem para mim.

{ΦΙ.}

1305 ἀλλ᾽ οὖν τοσοῦτόν γ᾽ ἴσθι, τοὺς πρώτους στρατοῦ,
τοὺς τῶν Ἀχαιῶν ψευδοκήρυκας, κακοὺς
ὄντας πρὸς αἰχμήν, ἐν δὲ τοῖς λόγοις θρασεῖς.

{ΝΕ.}

εἶέν. τὰ μὲν δὴ τόξ᾽ ἔχεις, κοὐκ ἔσθ᾽ ὅτου
ὀργὴν ἔχοις ἂν οὐδὲ μέμψιν εἰς ἐμέ.

{ΦΙ.}

1310 ξύμφημι. τὴν φύσιν δ᾽ ἔδειξας, ὦ τέκνον,
ἐξ ἧς ἔβλαστες, οὐχὶ Σισύφου πατρός,
ἀλλ᾽ ἐξ Ἀχιλλέως, ὃς μετὰ ζώντων ὅτ᾽ ἦν
ἤκου᾽ ἄριστα, νῦν δὲ τῶν τεθνηκότων.

{ΝΕ.}

ἤσθην πατέρα τὸν ἀμὸν εὐλογοῦντά σε
1315 αὐτόν τ᾽ ἔμ᾽· ὧν δέ σου τυχεῖν ἐφίεμαι
ἄκουσον. ἀνθρώποισι τὰς μὲν ἐκ θεῶν
τύχας δοθείσας ἔστ᾽ ἀναγκαῖον φέρειν·
ὅσοι δ᾽ ἑκουσίοισιν ἔγκεινται βλάβαις,
ὥσπερ σύ, τούτοις οὔτε συγγνώμην ἔχειν
1320 δίκαιόν ἐστιν οὔτ᾽ ἐποικτίρειν τινά.
σὺ δ᾽ ἠγρίωσαι, κοὔτε σύμβουλον δέχῃ,
ἐάν τε νουθετῇ τις εὐνοίᾳ λέγων,
στυγεῖς, πολέμιον δυσμενῆ θ᾽ ἡγούμενος.
ὅμως δὲ λέξω· Ζῆνα δ᾽ ὅρκιον καλῶ·
1325 καὶ ταῦτ᾽ ἐπίστω, καὶ γράφου φρενῶν ἔσω.
σὺ γὰρ νοσεῖς τόδ᾽ ἄλγος ἐκ θείας τύχης,
Χρύσης πελασθεὶς φύλακος, ὃς τὸν ἀκαλυφῆ
σηκὸν φυλάσσει κρύφιος οἰκουρῶν ὄφις.
καὶ παῦλαν ἴσθι τῆσδε μή ποτ᾽ ἂν τυχεῖν
1330 νόσου βαρείας, ἕως ἂν αὐτὸς ἥλιος

FILOCTETES

1305 Sabe somente que os primeiros da tropa,
os arautos falsos de aqueus, são covardes
contra a lança e nas palavras são audazes.

NEOPTÓLEMO

Seja! Tu já tens o arco, e não há por que
terias rancor ou repreensão contra mim.

FILOCTETES

1310 Concordo. Filho, mostraste a natureza
de quem nasceste, não a de Sísifo pai,
mas a de Aquiles, que era entre os vivos
o mais glorioso e agora entre os mortos.

NEOPTÓLEMO

Praz-me que tu digas bem de meu pai
1315 e de mim, ouve porém o que almejo
obter de ti! Para os homens as sortes
dadas de Deuses é coercivo suportar.
Se eles se deitam em voluntários danos,
tal qual tu, é justo que eles não tenham
1320 nem nosso perdão nem comiseração.
Tu ficaste rude e não aceitas conselho
se alguém te adverte por benevolência,
repeles, por julgá-lo o inimigo hostil.
Todavia direi chamo Zeus o das juras,
1325 sabe tu isto e escreve em tua mente!
Adoeces dessa dor por divina sorte
perto da serpe vígil guardiã de Crisa,
a oculta caseira do recinto sem teto.
Sabe que não obterás pausa desse
1330 distúrbio grave enquanto o mesmo

ΦΙΛΟΚΤΗΤΗΣ

ταύτῃ μὲν αἴρῃ, τῇδε δ' αὖ δύνῃ πάλιν,
πρὶν ἂν τὰ Τροίας πεδί' ἑκὼν αὐτὸς μόλῃς,
καὶ τῶν παρ' ἡμῖν ἐντυχὼν Ἀσκληπιδῶν
νόσου μαλαχθῇς τῆσδε, καὶ τὰ πέργαμα

1335   ξὺν τοῖσδε τόξοις ξύν τ' ἐμοὶ πέρσας φανῇς.
ὡς δ' οἶδα ταῦτα τῇδ' ἔχοντ' ἐγὼ φράσω.
ἀνὴρ γὰρ ἡμῖν ἔστιν ἐκ Τροίας ἁλούς,
Ἕλενος ἀριστόμαντις, ὃς λέγει σαφῶς
ὡς δεῖ γενέσθαι ταῦτα· καὶ πρὸς τοῖσδ' ἔτι,

1340   ὡς ἔστ' ἀνάγκη τοῦ παρεστῶτος θέρους
Τροίαν ἁλῶναι πᾶσαν· ἢ δίδωσ' ἑκὼν
κτείνειν ἑαυτόν, ἢν τάδε ψευσθῇ λέγων.
ταῦτ' οὖν ἐπεὶ κάτοισθα, συγχώρει θέλων.
καλὴ γὰρ ἡ 'πίκτησις, Ἑλλήνων ἕνα

1345   κριθέντ' ἄριστον, τοῦτο μὲν παιωνίας
ἐς χεῖρας ἐλθεῖν, εἶτα τὴν πολύστονον
Τροίαν ἑλόντα κλέος ὑπέρτατον λαβεῖν.

{ΦΙ.}

ὦ στυγνὸς αἰών, τί μ' ἔτι δῆτ' ἔχεις ἄνω
βλέποντα, κοὐκ ἀφῆκας εἰς Ἅιδου μολεῖν;

1350   οἴμοι, τί δράσω; πῶς ἀπιστήσω λόγοις
τοῖς τοῦδ' ὃς εὔνους ὢν ἐμοὶ παρήνεσεν;
ἀλλ' εἰκάθω δῆτ'; εἶτα πῶς ὁ δύσμορος
ἐς φῶς τάδ' ἔρξας εἶμι; τῷ προσήγορος;
πῶς, ὦ τὰ πάντ' ἰδόντες ἀμφ' ἐμοὶ κύκλοι,

1355   ταῦτ' ἐξανασχήσεσθε, τοῖσιν Ἀτρέως
ἐμὲ ξυνόντα παισίν, οἵ μ' ἀπώλεσαν;
πῶς τῷ πανώλει παιδὶ τῷ Λαερτίου;
οὐ γάρ με τἄλγος τῶν παρελθόντων δάκνει,
ἀλλ' οἷα χρὴ παθεῖν με πρὸς τούτων ἔτι

1360   δοκῶ προλεύσσειν. οἷς γὰρ ἡ γνώμη κακῶν
μήτηρ γένηται, κἄλλα παιδεύει κακούς.

Sol se ergue ali e lá se põe de novo
antes que vás a Troia por ti mesmo
e encontrando os nossos Asclépides
te livres desse distúrbio e mostres
1335   com teu arco e comigo pilhar Pérgamo.
Eu direi como sei que isto é assim.
Temos prisioneiro o varão troiano
Heleno exímio vate que diz claro
o que é porvir e além disso ainda
1340   que é coercivo no presente verão
cair Troia toda, ou de bom grado
dá que o matem, se isso for falso.
Quando o sabes, anui e consente!
Belo acréscimo, seleto o melhor
1345   dos gregos, ir antes às curativas
mãos e após pilhar a gemedora
Troia receber a suprema glória.

FILOCTETES

Ó horrenda vida, por que em cima
tens-me vivo e não envias a Hades?
1350   *Oímoi!* Que fazer? Como descrer
deste, que benévolo me aconselha?
Mas conceder? Como eu infausto
se o fizer irei à luz? Quem saúdo?
Olhos onividentes ao meu redor,
1355   como suportareis que eu conviva
com os Atridas que me destruíram?
Como, com o destrutivo Laercíada?
Não me morde a dor dos pretéritos,
mas creio prever o que ainda devo
1360   padecer desses cuja mente é mãe
de males e adestra outros no mal.

ΦΙΛΟΚΤΗΤΗΣ

καὶ σοῦ δ᾽ ἔγωγε θαυμάσας ἔχω τόδε.
χρῆν γάρ σε μήτ᾽ αὐτόν ποτ᾽ ἐς Τροίαν μολεῖν,
ἡμᾶς τ᾽ ἀπείργειν· οἵδε σου καθύβρισαν,
1365   πατρὸς γέρας συλῶντες. εἶτα τοῖσδε σὺ
εἶ ξυμμαχήσων, κἄμ᾽ ἀναγκάζεις τόδε;
μὴ δῆτα, τέκνον· ἀλλ᾽ ἅ μοι ξυνώμοσας,
πέμψον πρὸς οἴκους· καὐτὸς ἐν Σκύρῳ μένων
ἔα κακῶς αὐτοὺς ἀπόλλυσθαι κακούς.
1370   χοὕτω διπλῆν μὲν ἐξ ἐμοῦ κτήσῃ χάριν,
διπλῆν δὲ πατρός· κοὐ κακοὺς ἐπωφελῶν
δόξεις ὁμοῖος τοῖς κακοῖς πεφυκέναι.

{ΝΕ.}
λέγεις μὲν εἰκότ᾽, ἀλλ᾽ ὅμως σε βούλομαι
θεοῖς τε πιστεύσαντα τοῖς τ᾽ ἐμοῖς λόγοις
1375   φίλου μετ᾽ ἀνδρὸς τοῦδε τῆσδ᾽ ἐκπλεῖν χθονός.

{ΦΙ.}
ἦ πρὸς τὰ Τροίας πεδία καὶ τὸν Ἀτρέως
ἔχθιστον υἱὸν τῷδε δυστήνῳ ποδί;

{ΝΕ.}
πρὸς τοὺς μὲν οὖν σε τήνδε τ᾽ ἔμπυον βάσιν
παύσοντας ἄλγους κἀποσώσοντας νόσου.

{ΦΙ.}
1380   ὦ δεινὸν αἶνον αἰνέσας, τί φής ποτε;

{ΝΕ.}
ἃ σοί τε κἀμοὶ λῷσθ᾽ ὁρῶ τελούμενα.

180

Eu por isto estou admirado de ti
Tu não devias viajar nunca a Troia,
mas impedir-nos, eles te ultrajaram
1365 ao privar-te do prêmio paterno, tu
serás seu aliado e coages-me a isso?
Não, filho, mas tal qual me juraste
leva-me para casa. Fica em Ciro,
e deixa-os maléficos morrer mal.
1370 Assim obterás de mim dupla graça
e dupla do pai; não servindo a maus
não parecerás semelhante aos maus.

NEOPTÓLEMO

Dizes algo verossímil, quero porém
que confiando nos Deuses e em mim
1375 zarpes desta terra com varão amigo.

FILOCTETES

Para ir ao chão de Troia e ao Atrida
odiosíssimo, com este infausto pé?

NEOPTÓLEMO

Aos que darão pausa a essa dor tua
e do pé podre e afastarão o distúrbio.

FILOCTETES

1380 Ó conselheiro terrível, o que dizes?

NEOPTÓLEMO

O que a ti e a mim vejo ser melhor.

{ΦΙ.}

καὶ ταῦτα λέξας οὐ καταισχύνῃ θεούς;

{ΝΕ.}

πῶς γάρ τις αἰσχύνοιτ' ἂν ὠφελῶν φίλους;

{ΦΙ.}

λέγεις δ' Ἀτρείδαις ὄφελος, ἢ 'π' ἐμοὶ τόδε;

{ΝΕ.}
1385   σοί που φίλος γ' ὤν· χὠ λόγος τοιόσδε μου.

{ΦΙ.}

πῶς, ὅς γε τοῖς ἐχθροῖσί μ' ἐκδοῦναι θέλεις;

{ΝΕ.}

ὦ τᾶν, διδάσκου μὴ θρασύνεσθαι κακοῖς.

{ΦΙ.}

ὀλεῖς με, γιγνώσκω σε, τοῖσδε τοῖς λόγοις.

{ΝΕ.}

οὔκουν ἔγωγε· φημὶ δ' οὔ σε μανθάνειν.

{ΦΙ.}
1390   ἐγὼ οὐκ Ἀτρείδας ἐκβαλόντας οἶδά με;

{ΝΕ.}

ἀλλ' ἐκβαλόντες εἰ πάλιν σώσουσ' ὅρα.

{ΦΙ.}

οὐδέποθ' ἑκόντα γ' ὥστε τὴν Τροίαν ἰδεῖν.

FILOCTECTES

Ao dizer isso, não temes os Deuses?

NEOPTÓLEMO

Por que se temeria ser útil aos seus?

FILOCTETES

Dizes ser útil aos Atridas ou a mim?

NEOPTÓLEMO

1385   A ti por amizade, tal é a minha fala.

FILOCTETES

Como, se queres me dar a inimigos?

NEOPTÓLEMO

Caro, sabe não ser bravo nos males!

FILOCTETES

Com tais falas me matarás, bem sei.

NEOPTÓLEMO

Eu, não! Mas digo que não entendes.

FILOCTETES

1390   Não sei que os Atridas me baniram?

NEOPTÓLEMO

Mas vê que após banir te salvarão.

FILOCTETES

Não, não de bom grado ver Troia.

{NE.}

τί δῆτ' ἂν ἡμεῖς δρῷμεν, εἰ σέ γ' ἐν λόγοις
πείσειν δυνησόμεσθα μηδὲν ὧν λέγω;
1395 ὥρα 'στ' ἐμοὶ μὲν τῶν λόγων λῆξαι, σὲ δὲ
ζῆν, ὥσπερ ἤδη ζῇς, ἄνευ σωτηρίας.

{ΦΙ.}

ἔα με πάσχειν ταῦθ' ἅπερ παθεῖν με δεῖ·
ἃ δ' ᾔνεσάς μοι δεξιᾶς ἐμῆς θιγών,
πέμπειν πρὸς οἴκους, ταῦτά μοι πρᾶξον, τέκνον,
1400 καὶ μὴ βράδυνε μηδ' ἐπιμνησθῇς ἔτι
Τροίας· ἅλις γάρ μοι τεθρύληται λόγος.

{NE.}

εἰ δοκεῖ, στείχωμεν.

{ΦΙ.}

ὦ γενναῖον εἰρηκὼς ἔπος.

{NE.}

ἀντέρειδέ νυν βάσιν σήν.

{ΦΙ.}

εἰς ὅσον γ' ἐγὼ σθένω.

{NE.}

αἰτίαν δὲ πῶς Ἀχαιῶν φεύξομαι;

{ΦΙ.}

μὴ φροντίσῃς.

NEOPTÓLEMO

Que faríamos, se te não pudermos
persuadir de nada do que digo?
1395 É hora de me calar e tu viveres
tal qual já vives, sem salvação.

FILOCTETES

Deixa-me padecer o que devo.
Tua promessa, tocando a destra,
de me recambiar, cumpre, filho!
1400 Não tardes, nem lembres mais
Troia, basta-me o já pranteado.

NEOPTÓLEMO

Se decidiste, vamos!

FILOCTETES

Nobre fala!

NEOPTÓLEMO

Apoia o teu passo!

FILOCTETES

Quanto posso.

NEOPTÓLEMO

Como fugir à causa aqueia?

FILOCTETES

Não te importes!

{NE.}

1405 τί γάρ, ἐὰν πορθῶσι χώραν τὴν ἐμήν;

{ΦΙ.}

ἐγὼ παρὼν –

{NE.}

τίνα προσωφέλησιν ἔρξεις;

{ΦΙ.}

βέλεσι τοῖς Ἡρακλέοις –

{NE.}

πῶς λέγεις;

{ΦΙ.}

εἴρξω πελάζειν. [σῆς πάτρας.

{NE.}

ἀλλ᾽ εἰ <∪ –
– ∪> δρᾷς ταυθ᾽ ὥσπερ αὐδᾷς,] στεῖχε προσκύσας χθόνα.

{ΗΡΑΚΛΗΣ}

μήπω γε, πρὶν ἂν τῶν ἡμετέρων
1410 ἀίῃς μύθων, παῖ Ποίαντος·
φάσκειν δ᾽ αὐδὴν τὴν Ἡρακλέους
ἀκοῇ τε κλύειν λεύσσειν τ᾽ ὄψιν.
τὴν σὴν δ᾽ ἥκω χάριν οὐρανίας
ἕδρας προλιπών,
1415 τὰ Διός τε φράσων βουλεύματά σοι
κατερητύσων θ᾽ ὁδὸν ἣν στέλλῃ·
σὺ δ᾽ ἐμῶν μύθων ἐπάκουσον.

NEOPTÓLEMO

1405   Como, se pilham meu país?

FILOCTETES

                  Eu, presente...

NEOPTÓLEMO

  Que préstimo terias?

FILOCTETES

             Com setas de Héracles...

NEOPTÓLEMO

  Que dizes?

FILOCTETES

       Impeço aproximação.

NEOPTÓLEMO

                  Mas se
ages tal qual dizes, vem, após saudar o solo!

HÉRACLES

  Não ainda, antes que nos ouças
1410   as palavras, filho de Peante!
  Sabe que de Héracles ouves
  a voz na oitiva e vês a visão.
  Por tua graça venho
  do celeste assento
1415   para dizer-te os planos de Zeus
  e impedir-te de ir aonde vais.
  Ouve agora tu minhas palavras!

καὶ πρῶτα μέν σοι τὰς ἐμὰς λέξω τύχας,
ὅσους πονήσας καὶ διεξελθὼν πόνους
1420 ἀθάνατον ἀρετὴν ἔσχον, ὡς πάρεσθ᾽ ὁρᾶν.
καὶ σοί, σάφ᾽ ἴσθι, τοῦτ᾽ ὀφείλεται παθεῖν,
ἐκ τῶν πόνων τῶνδ᾽ εὐκλεᾶ θέσθαι βίον.
ἐλθὼν δὲ σὺν τῷδ᾽ ἀνδρὶ πρὸς τὸ Τρωικὸν
πόλισμα πρῶτον μὲν νόσου παύσῃ λυγρᾶς,
1425 ἀρετῇ τε πρῶτος ἐκκριθεὶς στρατεύματος,
Πάριν μέν, ὃς τῶνδ᾽ αἴτιος κακῶν ἔφυ,
τόξοισι τοῖς ἐμοῖσι νοσφιεῖς βίου,
πέρσεις τε Τροίαν, σκῦλά τ᾽ ἐς μέλαθρα σὰ
πέμψεις, ἀριστεῖ᾽ ἐκλαβὼν στρατεύματος,
1430 Ποίαντι πατρὶ πρὸς πάτρας Οἴτης πλάκα.
ἃ δ᾽ ἂν λάβῃς σὺ σκῦλα τοῦδε τοῦ στρατοῦ,
τόξων ἐμῶν μνημεῖα πρὸς πυρὰν ἐμὴν
κόμιζε. καὶ σοὶ ταῦτ᾽, Ἀχιλλέως τέκνον,
παρήνεσ᾽· οὔτε γὰρ σὺ τοῦδ᾽ ἄτερ σθένεις
1435 ἑλεῖν τὸ Τροίας πεδίον οὔθ᾽ οὗτος σέθεν·
ἀλλ᾽ ὡς λέοντε συννόμω φυλάσσετον
οὗτος σὲ καὶ σὺ τόνδ᾽. ἐγὼ δ᾽ Ἀσκληπιὸν
παυστῆρα πέμψω σῆς νόσου πρὸς Ἴλιον.
τὸ δεύτερον γὰρ τοῖς ἐμοῖς αὐτὴν χρεὼν
1440 τόξοις ἁλῶναι. τοῦτο δ᾽ ἐννοεῖθ᾽, ὅταν
πορθῆτε γαῖαν, εὐσεβεῖν τὰ πρὸς θεούς·
ὡς τἄλλα πάντα δεύτερ᾽ ἡγεῖται πατὴρ
Ζεύς· οὐ γὰρ ηὑσέβεια συνθνῄσκει βροτοῖς·
κἂν ζῶσι κἂν θάνωσιν, οὐκ ἀπόλλυται.

{ΦΙ.}
1445 ὦ φθέγμα ποθεινὸν ἐμοὶ πέμψας,
χρόνιός τε φανείς,
οὐκ ἀπιθήσω τοῖς σοῖς μύθοις.

FILOCTETES

Primeiro te direi a minha sorte
após lutar e suportar tantas lutas
1420   tive imortal valor, que podes ver.
Sabe claro também te ser devido
após essas lutas ter vida gloriosa.
Indo com este varão à forte Troia
primeiro findas o lúgubre distúrbio,
1425   e por valor eleito primeiro da tropa
com o meu arco afastarás da vida
Páris, que foi a causa destes males,
pilharás Troia e enviarás o espólio
para casa, com os prêmios da tropa,
1430   ao pai Peante no solo pátrio de Eta.
O espólio que obtiveres desta tropa
comemorativo de meu arco, leva-o
à minha pira. Isto, filho de Aquiles,
te aconselho. Nem tu podes sem ele
1435   conquistar Troia, nem ele, sem ti.
Mas como dois leões companheiros,
guardai tu a ele e ele a ti. Enviarei
Asclépio a Ílion para cessar o teu
distúrbio, outra vez urge Ílion cair
1440   por meu arco. Conservai reverência
aos Deuses ao conquistardes a terra,
que Zeus pai considera tudo o mais
secundário. A reverência não morre
com mortais, vivos ou mortos segue.

FILOCTETES

1445   Ó emissor de voz para mim saudosa
tardio surgido,
não descreio de tuas palavras.

189

ΦΙΛΟΚΤΗΤΗΣ

{ΝΕ.}

κἀγὼ γνώμην ταύτῃ τίθεμαι.

{ΗΡ.}

μή νυν χρόνιοι μέλλετε πράσσειν.
1450 ὅδ᾽ ἐπείγει γὰρ
καιρὸς καὶ πλοῦς κατὰ πρύμναν.

{ΦΙ.}

φέρε νῦν στείχων χώραν καλέσω.
χαῖρ᾽, ὦ μέλαθρον ξύμφρουρον ἐμοὶ,
Νύμφαι τ᾽ ἔνυδροι λειμωνιάδες,
1455 καὶ κτύπος ἄρσην πόντου προβολῆς,
οὗ πολλάκι δὴ τοὐμὸν ἐτέγχθη
κρᾶτ᾽ ἐνδόμυχον πληγῆσι νότου,
πολλὰ δὲ φωνῆς τῆς ἡμετέρας
Ἑρμαῖον ὄρος παρέπεμψεν ἐμοὶ
1460 στόνον ἀντίτυπον χειμαζομένῳ.
νῦν δ᾽, ὦ κρῆναι Λύκιόν τε ποτόν,
λείπομεν ὑμᾶς, λείπομεν ἤδη,
δόξης οὔ ποτε τῆσδ᾽ ἐπιβάντες.
χαῖρ᾽, ὦ Λήμνου πέδον ἀμφίαλον,
1465 καί μ᾽ εὐπλοίᾳ πέμψον ἀμέμπτως
ἔνθ᾽ ἡ μεγάλη Μοῖρα κομίζει,
γνώμη τε φίλων χὡ πανδαμάτωρ
δαίμων, ὃς ταῦτ᾽ ἐπέκρανεν.

{ΧΟ.}

χωρῶμεν δὴ πάντες ἀολλεῖς,
1470 Νύμφαις ἁλίαισιν ἐπευξάμενοι
νόστου σωτῆρας ἱκέσθαι.

NEOPTÓLEMO

Também tenho esse sentimento.

HÉRACLES

Não tardios então ides agir.
1450 Esta ocasião vos urge
e a navegação de vento em popa.

FILOCTETES

Vamos! Indo invoque esta terra!
Salve, ó morada minha vigilante,
Ninfas das águas dos mananciais,
1455 fragor viril do promontório marinho,
onde muitas vezes a cabeça oculta
se molhou com as rajadas de Noto,
muitas vezes de minha voz
Monte de Hermes reenviou-me
1460 rebatido gemido na tormenta.
Hoje, ó fontes e poção lupina,
deixamos-vos, deixamos já,
nunca fiados nesta esperança.
Salve, chão ilhado de Lemnos,
1465 dá-me irrepreensível viagem
aonde a grande Parte me leva,
o juízo dos meus e dominante
Nume, que assim se cumpriu.

CORO

Avancemos reunidos todos
1470 com prece às Ninfas marinhas
por nosso salvífico regresso.

191

Glossário Mitológico de *Filoctetes*
Antropônimos, Teônimos e Topônimos

Beatriz de Paoli
Jaa Torrano

A

AGAMÊMNON – rei de Argos, líder da expedição argiva contra Troia; filho de Atreu, irmão de Menelau, marido de Clitemnestra e pai de Ifigênia, Orestes, Electra e Crisótemis. 794.

ÁJAX – filho de Têlamon, de Salamina, considerado o segundo melhor guerreiro em Troia depois de Aquiles. No entanto, morto Aquiles, os juízes decidiram que as armas deste fossem dadas a Odisseu, o que pareceu a Ájax um ultraje insuportável. 410.

ANTÍLOCO – filho de Nestor, combateu em Troia, onde morreu em batalha para salvar a vida de seu pai. 425.

AQUEU, AQUEIA – denominação homérica dos gregos; habitantes do Peloponeso por oposição a "gregos" (*héllenes*) habitantes do norte da Grécia. 59, 630, 1064, 1404.

AQUILES – o mais ilustre e o melhor dos guerreiros gregos em Troia, filho de Peleu e da Deusa Tétis. 3, 50, 57, 62, 241, 260, 331, 358, 364, 542, 582, 940, 1066, 1220, 1237, 1298, 1312, 1433.

ARGIVO – de Argos ou da Argólida e, por extensão, os gregos. 420, 554, 560.

ASCLÉPIDES – filhos de Asclépio, médicos Macáon e Podalírio. 1333.

ASCLÉPIO – herói e Deus médico, filho de Apolo. 1438.

ATENA – Deusa da estratégia e do saber prático, epônimo de Atenas. 134.

ATRIDAS – os filhos de Atreu, Agamêmnon e Menelau, ou seus descendentes. 314, 321, 322, 361, 390, 397, 406, 455, 510, 566, 585, 586, 598, 872, 916, 1023, 1285, 1294, 1356, 1376, 1384, 1390.

C

CALCODONTE – herói de Eubeia, filho de Abas, epônimo dos abantes, e pai de Elefenor e de Elpenor, que combateram em Troia; Elefenor foi um dos pretendentes de Helena, e Elpenor, companheiro de Odisseu. 489.

CEFALÊNIO – habitante das ilhas cefalênias (Ítaca, Dulíquio, Zacinto e Same). 265, 791.

CIRO – ilha do arquipélago das Espórades do Norte, no mar Egeu; terra natal de Neoptólemo, filho de Aquiles. 239, 326, 381, 459, 970, 1368.

CISÃO (*Kêr*) – Deusa filha da Noite, identificada com Erínis, assemelhada a cadela. 1166.

CRISA – pequena ilha perto de Lemnos. 194, 270, 1327.

CRONO – um dos Titãs, filho da Terra e do Céu, pai de Zeus. 679.

D

DÂNAOS – os descendentes de Dânao, um dos primeiros reis de Argos; os argivos e, por extensão, os gregos. 1216.

DARDÂNIO – da Dardânia, região da Tróade; por extensão, troiano. 69.

E

ERRONIA (*Áte*) – cegueira do espírito e suas consequências desastrosas. 706.

ESPARTA – capital da Lacônia, região ao sul do Peloponeso. 325.

ESPÉRQUIO – rio da região de Tráquis, na Tessália. 492, 726.

ETA – montanha da Tessália, onde Héracles foi incinerado. 453, 479, 490, 664, 729, 1430.

EUBEIA – ilha do Mar Egeu, a segunda maior do arquipélago grego, perto da costa oriental da Ática. 489.

F

FEBO – (*Phoîbos*, "luminoso") – epíteto de Apolo. 335.

FÊNIX – conselheiro de Aquiles em Troia (*Il*. 9, 485-91). 562, 565.

FILOCTETES – companheiro de Héracles e herdeiro de seu arco e flechas. 55, 101, 264, 432, 575, 1261.

G

GRÉCIA – Hélade, país dos gregos ou helenos. 256.

H

HADES – Deus dos ínferos e dos mortos, irmão de Zeus. 625, 678, 861, 1211, 1349.

HEFESTO – Deus do fogo e da metalurgia, filho de Zeus e Hera; fogo, visto como manifestação do Deus. 987.

HELENO – adivinho troiano, filho de Príamo e Hécuba. 606, 1338.

HÉRACLES – herói civilizador, filho de Zeus e da mortal Alcmena, famoso por sua enorme força física, com a qual exterminou monstros e transgressores. 262, 943, 1133, 1406, 1411.

HERMES – Deus filho de Zeus e de Maia, arauto dos imortais. 132.

HERMES (MONTE DE) – situado na Ilha de Lemnos, mencionado no itinerário do sinal de fogo enviado de Troia por Agamêmnon a Clitemnestra em Argos entre o monte Ida e o monte Atos (cf. Ésquilo, *Ag*. 283-4). 1459.

I

ÍLION – antigo nome de Troia. 61, 245, 455, 548, 1200, 1200, 1438.

INVÍDIA (*Phthónos*) – depreciação ruinosa dos Deuses aos homens por ostentarem orgulho e prosperidade excessivos. 776.

J

JUSTIÇA (*Díke*) – Deusa filha de Zeus e Têmis, uma das três Horas ("Estações do ano"). 1234.

L

LAERCÍADA – o filho de Laertes, Odisseu. 1285, 1357.

LAÉRCIO – pai de Odisseu, o mesmo que Laertes. 417.

LAERTES – pai de Odisseu, o mesmo que Laércio. 87, 366, 401, 614, 628.

LÊMNIO – de Lemnos, ilha do Mar Egeu. 986.

LEMNOS – ilha do Mar Egeu. 1, 800, 1060, 1464.

LICOMEDES – rei de Ciro e pai de Deidamia, mãe de Neoptólemo. 243.

M

MALIEU – nativo de Mélida, região da Tessália. 5.

MENELAU – rei de Esparta, irmão de Agamêmnon, marido de Helena. 794.

MICENAS – cidade do nordeste da planície de Argos, às vezes equivalente de Argos. 325.

MORTE (*Thánatos*, masc.) – Deusa filha da Noite. 797, 797, 1209, 1209.

N

NEOPTÓLEMO – filho de Aquiles, criado pelo avô materno, Licomedes, rei de Ciro. 3, 241.

NESTOR – rei de Pilo; o conselheiro dos helenos na guerra de Troia. 422.

NINFAS – filhas da Terra, ou de Zeus, que habitam águas, montanhas, prados e mares. 1470.

NOTO – Deus vento do sul, filho de Aurora e Astreu. 1457.

O

ODISSEU – rei de Ítaca. 26, 64, 314, 321, 344, 371, 384, 406, 429, 441, 568, 572, 592, 596, 606, 636, 976, 977, 1045, 1219, 1296.

OGÍGIO (*ogýgios*) – adjetivo cujo sentido preciso era desconhecido dos antigos, mas conotando extrema antiguidade, qualifica a ilha de Calipso na *Odisseia*, as águas de Estige na *Teogonia* de Hesíodo, Tebas e Atenas em Ésquilo etc. 142.

OLÍMPIO – epíteto de Zeus e dos Deuses celestes filhos de Zeus. 315.

P

PACTOLO – rio da Lídia. 394.

PÁRIS – príncipe troiano, filho de Príamo e Hécuba, também chamado Alexandre, raptor de Helena. 1427.

PARTE(s) (*Moîra, Moîrai*) – três Deusas, filhas de Zeus e Têmis, dão aos homens a participação em bens e em males; Hesíodo as denominou: "Fiandeira" (*Klothó*), "Distributriz" (*Lákhesis*) e "Inflexível" (*Átropos*). 331, 681, 1466.

PÁTROCLO – amigo predileto de Aquiles na *Ilíada*. 434.

PEÃ – epíteto de Apolo que evoca sua função de curador. 832.

PEANTE – rei de Mélida e pai de Filoctetes. 5, 264, 318, 329, 461, 1230, 1261, 1430.

PELEU – rei da Ftia e pai de Aquiles com a Deusa Tétis. 333, 1410.

PEPARETO – ilha do Mar Egeu, famosa pela vinicultura. 549.

PÉRGAMO – acrópole de Troia, construída sobre o pico do Monte Ida, onde se situavam todos os templos dos Deuses, o palácio de Príamo e os de seus filhos Heitor e Páris. 347, 353, 611, 1335.

PILO – cidade do sudoeste do Peloponeso. 422.

POLÍADE (*Poliás* "protetora da pólis") – epíteto de Atena. 134.

PRÍAMO – rei de Troia. 605.

R

RETRIBUIÇÃO (*Némesis*) – cólera divina provocada pela injustiça. 518.

S

SIGEU – cidade e promontório da Trôade, onde Aquiles morreu e tinha o túmulo. 355.

SÍSIFO – rei de Corinto, famoso pela velhacaria. 417, 1311.

SOL (*Hélios*) – Deus filho do Titã Hipérion e da Titânide Teia. 18.

SONO (*Hýpnos*) – Deus filho da Noite. 19, 821, 826, 827, 827, 857, 867.

SÚPLICE (*Hikésios*) – epíteto de Zeus ao presidir o ritual de súplica. 484.

T

TERRA (*Gaîa*) – Deusa mãe de todos os Deuses. 391, 819.

197

TERSITES – guerreiro falastrão e covarde na *Ilíada*. 442.

TESEU – herói rei de Atenas, filho de Egeu e Etra. 562.

TIDEU – herói etólio, filho do rei Eneu, pai de Diomedes, foi um dos sete chefes da expedição argiva contra Tebas liderada por Adrasto, de quem era genro. 416, 570, 592.

TROIA – cidade da Tróade, na Ásia Menor. 112, 113, 197, 247, 353, 611, 916, 920, 941, 1297, 1332, 1341, 1363, 1376, 1392, 1401, 1423, 1428, 1435.

TROIANO – nativo ou relativo a Troia. 1337.

V

VITÓRIA (*Níke*) – Deusa filha da Oceânide Estige, com seus irmãos Poder, Violência e Zelo segue junto a Zeus; às vezes identificada com Atena, tem um templo na acrópole de Atenas. 134.

Z

ZEUS – Deus supremo, filho de Crono e Reia, manifesto no poder que organiza o mundo físico e a sociedade humana. 140, 392, 484, 802, 908, 943, 989, 990, 1181, 1233, 1289, 1324, 1415, 1442.

Referências Bibliográficas

BAILLY, A. *Dictionnaire Grec Français*. Paris, Hachette, 2000.

BERNAND, André – *La carte du tragique. La géographie dans la tragédie grecque*. Paris, CNRS, 1985.

CHANTRAINE, Pierre. *Dictionnaire Étymologique de la Langue Grecque. Histoire des Mots*. Paris, Klincksieck, 1999.

GRIMAL, Pierre. *Dicionário da Mitologia Grega e Romana*. Trad. Victor Jabouille. 5ª ed. Rio de Janeiro, Bertrand Brasil, 2005.

HESÍODO. *Teogonia. A Origem dos Deuses*. Estudo e tradução Jaa Torrano. 6ª ed. São Paulo, Iluminuras, 2006.

SOPHOCLES. *Philoctetes*. Ed. Seth L. Schein. Cambridge, Cambridge University Press, 2013.

SOPHOCLES. *Sophoclis Fabulae*. Ed. H. Lloyd-Jones and N. G. Wilson. Oxford, Oxford University Press, 1992 [1990].

VÁRIOS AUTORES. *Dicionário Grego-Português*. Cotia, SP/Araçoiaba da Serra, SP, Ateliê Editorial/Editora Mnēma, 2022.

Título	Filoctetes - Tragédias Completas
Autor	Sófocles
Tradução	Jaa Torrano
Estudos	Beatriz de Paoli
	Jaa Torrano
Editor	Plinio Martins Filho
Produção Editorial	Carlos Gustavo Araújo do Carmo
Revisão	José de Paula Ramos Jr.
	Beatriz de Paoli
Editoração Eletrônica	Camyle Cosentino
Capa	Ateliê Editorial
Formato	16 x 23 cm
Tipologia	Minion Pro
Papel	Chambril Avena 80g/m^2
Número de Páginas	200
Impressão e Acabamento	Lis Gráfica